選堂詩書評注

南方出版傳媒
花城出版社

饒宗頤 著

陳韓曦 翁艾 注譯

中國·廣州

总嚳集

图书在版编目（ＣＩＰ）数据

总辔集 / 饶宗颐著；陈韩曦，翁艾注译. —— 广州 ：
花城出版社，2018.3
（选堂诗词评注）
ISBN 978-7-5360-8563-3

Ⅰ．①总… Ⅱ．①饶… ②陈… ③翁… Ⅲ．①诗集—
中国—当代 Ⅳ．①I227

中国版本图书馆CIP数据核字（2018）第009469号

出 版 人：詹秀敏
策划编辑：詹秀敏
责任编辑：杜小烨
技术编辑：凌春梅
装帧设计：王　越
图片来源：饶清芬　陈韩曦
　　　　　香港大学饶宗颐学术馆
图片编辑：曾雅丽

书　　名	总辔集
	ZONG PEI JI
出版发行	花城出版社
	（广州市环市东路水荫路 11 号）
经　　销	全国新华书店
印　　刷	佛山市浩文彩色印刷有限公司
	（广东省佛山市南海区狮山科技工业园 A 区）
开　　本	787 毫米 ×1092 毫米　16 开
印　　张	7.25　6 插页
字　　数	130,000 字
版　　次	2018 年 3 月第 1 版　2018 年 3 月第 1 次印刷
定　　价	38.00 元

如发现印装质量问题，请直接与印刷厂联系调换。
购书热线：020 – 37604658　37602954
花城出版社网站：http://www.fcph.com.cn

1960年初夏，饶宗颐于屯门青山禅院郊游时弹奏古琴。

1997年2月，池田大作与饶宗颐在香港重逢。

　　2007年11月8日，"水原琴窗、水源渭江两代学艺文献室"揭幕仪式。

　　2017年10月18日，饶宗颐在家中与陈韩曦一起审阅《总辔集》。

北海道风格册

高野山，1994年。

　　未敢游山辄慕仙，登高慧海叹无边。
一千六百年来事，八叶莲台总宛然。高埜山绝
句。甲戌，选堂。

1984年，饶宗颐作
"雁荡积翠 嵩岳开母石阙铭"成扇

1993年，饶宗颐、吴子玉合作成扇，
饶公作山水，吴公作书法

吉祥天降。乙酉，选堂。

怀德老棣属，选堂。

目　录

日本纪行诗序

　　饶选堂先生生于韩公驱鳄之乡，习于高固萃羊之地，涉猎中外，博晓古今。通考贞人，遍录词籍，论敦煌之描画，攻荆楚之缯书。性智而仁，乐彼山水，法喜歌佛国之古城，粉墙咏美洲之新港，大荒海外，无不印踪。讽咏可追坡老，写景何啻石湖。浮磬铿锵，瑞士黑湖之什；明珠璀粲，法南白岳之诗。今兹敝校幸得日本学术振兴会资助，聘请讲学。讲学之余，历游邦域，良晨佳景，辄有篇章。南抵樱峦，赤熛喷火；北临鄂海，青女流冰。雾岛日浴，阿寒晚泛，探洞天于秋吉，窥削壁于层云。若夫东海旧邦，颇存遐迹，中州文物，多赉精华。考金印于南津（博多旧称那津），睹蟒袍于北海，丹波市得缮五山之疏，明日香欲听二弦之琴。高野词林，日田功过，存亡犹俨，持敬不忘。稚子故宫，吊让王于宇治，鉴真遗像，思渡海于平城。或遇奇观，乍怀高士，风情溢于笺牍，颂赞见于笔毫。凡游日本山水所作，都共百首，裒而存之，曰《揽辔集》。选堂先生命余作序，余谢不能，辞之未得，聊摭缘起，以弁卷端云尔。

　　庚申（一九八〇年）孟秋日本京都大学教授清水茂谨序

总辔集小引

　　余数莅京都，此次为时虽暂而篇制最夥。自四月杪至八月中浣，讲课之余，朋侪盍簪，不废吟咏。而历览山川，放浪江海，中间南涉九州，北至网走，临橿原之都，诵万叶之诗，怀古情深，往往流连，不忍遽去。最后登高野之山，寻遍照发挥性灵之遗迹，御影堂间，神人仿佛，若有存者。离洛前夕，发箧得诗可百首，厘为一帙。心尚抖擞，愧波澜非老成，水也泓澄，不怀珠而川媚，风流尊俎，纵归去复难忘，斟酌古今，破客中之岑寂。

　　乡人大埔何如璋于光绪三年使日，著《使东杂咏》。时黄遵宪充其参赞，亦作《日本杂事诗》，传诵中外。惟九州、北海道事多未详，拙制可补其不逮云。

一九八〇年八月十五日饶宗颐识

京畿稿

初至京都，五月十日夕，即席和清水茂教授枉赠之什

> 缁尘京洛^①镇难忘，西顾东征愧面墙。
> 屡客鬓丝空胜雪，久疏琴瑟不成章。
> 狂言似我醒兼醉，绮句多君老更香。
> 何日相携萧寺^②去，天窥象纬^③月如霜。

来洛前留法京旬日。

一九六一年君在港相从讨论，尝同宿大屿山宝莲寺。

注释：

① 缁尘京洛：指黑色灰尘。"京洛尘"比喻功名利禄等尘俗之事。此处借指京都尘土。南朝齐·谢朓《酬王晋安》："谁能久京洛，缁尘染素衣。"

② 萧寺：即佛寺。

③ 象纬：象数谶纬。亦指星象经纬，谓日月五星。晋·王嘉《拾遗记·殷汤》："师延者，殷之乐人也。设乐以来，世遵此职。至师延，精述阴阳，晓明象纬，莫测其为人。"

浅解：

此诗和清水茂教授之诗，诗中阐述了饶公至京都与清水茂教授相聚和诗鼓琴之事，尝新趣、叙旧情，诗尾饶公再邀清水茂教授共宿佛寺再叙情。反映饶公与清水茂教授志趣相投、情谊之深。

简译：

京都风尘令我难以忘怀，回顾东征旬日惭愧面墙。客居他乡鬓丝比雪还白，久不弹琴生疏音不成章。无论醒醉狂妄如我之辈，佳句亏君老而更有韵味。何日相携一同前往佛寺，窥探星象经纬月白如霜。

附：　　　　　　　原　作

清水茂

珠海深情那可忘，西京望火画悬墙。
开蒙稍识诗词趣，闻奏难忘琴瑟章。
竹湿湘坟考残简，花熏佛迹逐余香。
高谈风发精神健，未觉多年添鬓霜。

一九六四年同登山，观火烧之大文字。公作画见贶。

一九八〇年八月十七日，京都桃园亭即席，奉和清水教授叠前韵饯别之什

蒙庄①道术贵相忘②，水月涵空③始出墙。
日照林间仍隐秀④，风行水上自成章。
惭无大巧心余拙，屡诵新篇齿久香。
小别暂游休费泪，秋枫初见挂吴霜。

注释：

①蒙庄：指庄周。唐·刘禹锡《伤往赋》："彼蒙庄兮何人！予独累叹而长吟。"

②贵相忘：鱼在宽阔的江湖中会忘掉自己的本性，而人有了一些本事就会忘乎所以。《庄子·内篇·大宗师》："鱼相忘乎江湖。人相忘乎道术。"

③涵空：水映照天空。唐·温庭筠《相和歌辞·春江花月夜》诗："千里涵空照水魂，万枝破鼻团香雪。"

④隐秀：幽雅秀丽。南朝宋·颜延之《颜府君家传铭》："青州隐秀，爰始奠居。"

浅解：

饶公与清水教授饯别，彼此诉说相聚的欢愉以及离别的无奈，谓人贵相忘，实为难忘，此时离别，仅为暂别，两人真挚感情，呈现诗中。

简译：

蒙庄谓道术会忘乎所以，水月交相映照越过墙头。日光透过山林依旧微弱，风轻拂着静水自成波纹。惭愧自己笨拙没有机巧，屡次诵读新诗口齿留香。暂时离别羁旅莫要流泪，秋天枫叶已经披上吴霜。

附：

原 作

清水茂

捕鱼荃网岂宜忘，道佛弟兄何阋墙。
开辟混元斯有字，化融玄妙始含章。[①]
论文娓娓倾晨莽，打坐惺惺爇夕香。
好洗缁尘别离泪，索居今后几星霜。

注释：

① "开辟"二句：饶公自注："两句概括讲学要旨。"

酒后偶成示座上群公

六十衰翁鬓未丝，酒阑^①往往赋新诗。
百篇揽辔^②敢言志，为谢故人订后期。

注释：

①酒阑：谓酒筵将尽。《史记·高祖本纪》："酒阑，吕公因目固留高祖。"

②揽辔：原指挽住马缰。此指诗歌结集。

浅解：

酒宴尽后，众人乘兴赋诗，百篇诗歌，既是饶公对日本之行的总结，也是对日本友人情谊的感恩与珍惜。

简译：

六十老人鬓发未曾泛白，酒筵将尽往往赋作新诗。百篇结集借而抒发胸志，答谢友人订好见面日期。

《万叶集》①试译四首

太和②之间，环万山兮。香具③之巅，峻及天兮。登临望极，瞻故国兮。原野茫茫，炊烟扬兮。湖海腾波，鸥争翔兮。岛国丰熙，兹惟大和之里兮。

注释：

① 《万叶集》：万叶集是日本最早的诗歌总集，相当于中国的《诗经》。所收诗歌自 4 世纪至 8 世纪中叶长短和歌。《万叶集》的编次方法，各卷不同。有的卷按年代编次，有的卷按内容分为杂歌、挽歌、相闻歌（广义指赠答歌，狭义指恋歌）三大类，有的卷还设譬喻歌、防人歌（戍边兵士歌）等目。

② 太和：亦作"大和"。天地间冲和之气。《易·乾》："保合大和，乃利贞。"

③ 香具：香久山（かぐやま）又称天香久山、香具山，位于日本奈良县橿原市的丘陵，海拔 152.4m，为太古时代多武峰的余脉中没有因侵蚀作用消失的部分。

浅解：

此诗为舒明天皇作，日本第 34 代天皇，诗中表达了国泰民安、人畜兴旺的美好景象。

简译：

天地之间，万山环绕。香具山巅，险峻及天。登临远望，瞻仰故国，原野茫茫，炊烟飘扬。湖海泛波，鸥鸟争翔。岛国丰饶，唯有大和之地。

春去而夏还兮。白纻①之衣已干兮，于天香具之山兮。

注释：

① 白纻：白色的苎麻。

浅解：

　　此诗为持统天皇作，诗中阐述了香具山甘寿明神的神话传说，传说此山为天上落下的神圣之山，所以又称天之香具山。每当春夏之交，甘寿明神便用这里的神水浸湿白布衣衫，然后再阳光下晒干，以辨明人心的真伪。这种白光现象后逐渐蜕变为一种传闻。

简译：

　　春天已逝夏日已来，甘寿明神白衣已经干透，在这天香具山中。

　　秋之徂兮①，龙田之山兮飞雁纷纷。爱居爱处②兮，镇思君。

注释：

①秋之徂兮：秋天消逝。
②爱居爱处：身在何方，身在何处。出自《诗经·邶风·击鼓》。

浅解：

　　此诗描写秋思，赋诗之人情谊真挚，句句珠玑。

简译：

　　秋天消逝，龙田山上大雁纷飞。无论身在何方，身在何处，我时刻思念君郎。

　　百济①、野之荻兮，叶茁新枝。春归有待兮，可闻莺啼。

注释：

①百济：朝鲜半岛的百济，日本文化大部分从百济传入。

浅解：

　　此诗描绘百济春景，荻花繁茂，莺啼绕春。

简译：

　　百济，野之荻花，茁壮发出新枝叶。春归有所期待，依稀可听见莺啼。

高野山

未敢游山辄慕仙①，登高慧海叹无边。
一千六百年来事，八叶莲台②总宛然。

注释：

① "未敢"句：饶公自注："弘法大师有游山慕仙诗530言。"
② 八叶莲台：佛学术语，乃指胎藏界曼荼罗之第一院中台，因以八瓣莲花描绘，故有此名。又作八叶中台。大日如来坐于其中，称八叶之中尊，四方之八叶分别配以宝生、开敷华王、无量寿、天鼓雷音等四佛及普贤、文殊、观音、弥勒等四菩萨，合为九尊，为三密相应时我人肉团心（心脏）开敷之相。典出《大日经》卷二、《大日经疏》卷四

浅解：

高野山是日本佛教密宗真言宗（也称东密）的本山，位于和歌山县的东北部，顶上有弘法大师开创的金刚峰寺。饶公以弘法大师慕仙诗定调，侧面描写佛寺林立、世外仙境般的高野山特色。

简译：

未敢游山就美慕山上神仙，登高感叹慧海无量无边。历经一千六百年之兴衰，八叶莲台之说依旧如故。

八月十三夕盂兰盆节

　　自京都陟高野山，参与万灯会，步至奥之院。此事行之千载，虽暴风急于雨弗替。不计东西，无论敌我，咸可营冢于是，五轮共转，四海一家，弥见法海无量，涵负天地，非他教可比也

　　　　提灯烧烛妙高峰，风雨人天共庇踪。
　　　　千树挺然标直节[①]，不分南北尽朝宗。

　　空海大师《万灯会愿文》其句云：无明之他，忽归自明，本觉之自，乍夺他身。无尽庄严，放大日之慧光，刹尘智印，发朗月之定照。六大所遍，五智所含，排欣虚沉，流水游林，惣是我四恩，同共入一觉。天长九年八月二十二日。

注释：

①直节：谓守正不阿的操守。宋·范仲淹《依韵和庞殿院见寄》："直节美君如指佞，孤根怜我异凌霄。"

浅解：

　　日本的盂兰盆节在内容上虽与清明节相似，其与春节同样重要，而在中国称为"中元节"，一定意义上讲，"中元节"的称呼归属道教，"盂兰盆节"的归属佛教。饶公于盂兰盆节参加万灯会，万灯会是将已逝的古人当作佛教先导者来祭拜的一种仪式，是日暴风疾雨，却不阻众人诚心，让饶公感叹佛教徒的虔诚。

简译：

　　提灯烧烛在此绝妙高峰，风雨人汇于此寻求庇佑。千树挺拔自然守正不阿，不分东南西北尽来朝宗。

宿福智院

释静慈圆出示所书空海大师句以赠林君弘作，余和诗立成，时疏雨点滴，诗成而雨亦止。大师原句云："禅林独坐草堂晓，三宝之声闻一鸟，一鸟有声人有心，声心云水俱了了。"

深林晏坐①忘昏晓，万籁寂处无啼鸟。
疏雨数滴洗秋来，高山一望青未了②。

注释：

①晏坐：安坐；闲坐。元·萨都剌《蕊珠曲》："美人晏坐太清室，蛾眉不锁人间愁。"
②青未了：出自唐·杜甫《望岳》："齐鲁青未了"。指山色不绝。

浅解：

此诗和作，道出秋季雨后禅林的静谧和山色之青美，亦从侧面反映福智院的禅意。

简译：

闲坐深山之林忘记昏晓，万籁静处不闻飞鸟啼鸣。稀疏之雨洗涤秋天之气，高山一望青色绵延不绝。

题金刚峰寺。寺中巨风所摧古树，树轮得六百五十岁

惊风时复撼伽蓝[1]，云护峥嵘[2]若吐含，
漫引铁轮为作带，蟾乌遍照海犹涵[3]。

注释：

[1]伽蓝：原意是指僧众共住的园林，即寺院。北魏·杨炫之《洛阳伽蓝记·法云寺》记载："伽蓝之内，花果蔚茂，芳草蔓合，嘉木被庭。"
[2]峥嵘：即高山。
[3]"蟾乌"句：饶公自注："弘法师《胜道历山水莹玄珠碑序》句。"

浅解：

山寺曾有飓风摧毁古树，本令人惋惜，但诗中却反其意说天要古树作为纽带，传承佛法，体现佛教释然之禅境。

简译：

飓风时常拂撼金刚峰寺，云霞环绕山峰状若吞吐。漫引似铁年轮作为纽带，蟾乌遍照金刚海水犹涵。

高野山灵宝馆展出《文馆词林》^①

笔如登善^②更题名，雕板曾劳董绶经^③。
镇库兹山推二宝，正书争说金光明^④。

注释：

①《文馆词林》：饶公自注："原有二卷：一为宝寿院藏，一为冷然院藏，题（唐高宗）仪凤二年五月十日，书手吕神福写，皆有嵯峨院印。纸背为天台僧千观撰《法华相对抄》。"

②登善：举用贤能。《清史稿·仁宗纪论》："仁宗初逢训政，恭谨无违。迨躬莅万几，锄奸登善。"

③董绶经：董康，字绶经，自署诵芬室主人。江苏武进人，光绪十五年进士，曾充大理院推丞、法律馆编修。维新时，与梁启超共办《时务报》。1907 年刊刻日本汉学家岛田瀚《皕宋楼藏书源流考》。1914 年起，先后任北洋政府大理院院长、法制编纂馆馆长、司法总长、财政总长等职。1926 年，任东吴大学法学院教授。20 世纪 20 年代，刊行《诵芬室丛刊》，刻工甚精，艳称书林。1932 年，上海百宋铸字厂拟刻仿宋字，董康出家藏《龙龛手鉴》、《广韵》两书以为字范，作《创刊百宋活字序》，称"将舍弃诵芬室雕版故业，而从事于仿宋活字之新生活"。

④金光明：《金光明经》，又名《金光明最胜王经》，出自乾隆大藏经大乘五大部外重译经第 0122 部，由唐三藏法师义净翻译，与《妙法莲华经》、《护国仁王经》同为镇护国家之三部经。饶公自注："本山所藏又有《金光明最胜王经》。"

浅解：

高野山灵宝馆有《文馆词林》《金光明最胜王经》二宝，此诗阐述抄书者笔法之精妙，又谈及董绶经曾为《文馆词林》作雕版之事，见得宝物，甚为欣喜。

简译：

行笔上乘胜任题名之事，雕版曾故业劳烦董绶经。镇馆兹山推出二件宝贝，正书争说又有金光明经。

与静慈圆①宏作共饮，以高野山豆腐下酒，即咏二首

酒面生微涡②，会心在不语。
盎中有本山③，清凉满灵府④。

注释：

①静慈圆：日本东密真言宗高野山派宿老清凉院住持。
②微涡：浅小的酒窝。
③本山：指高野山豆腐。
④灵府：指心。《庄子·德充符》："故不足以滑和，不可入于灵府。"

浅解：

　　此诗题"以高野山豆腐下酒"十分有意思，饶公在诗中叙与静慈圆酒中之乐，亦从侧面反映他与静慈圆志趣之相投。

简译：

　　饮酒面生浅小酒窝，彼此会心不在言语。盎中装有本山珍味，清凉之感满盈心胸。

心海无波澜，湛然①起圆照。
相看阮籍②徒，不必苏门啸③。

注释：

①湛然：安然貌。《大戴礼记·四代》："金然湛然。"
②阮籍：三国时期魏诗人。字嗣宗，陈留（今属河南）尉氏人。竹林七贤之一，是"建安七子"之一阮瑀的儿子。曾任步兵校尉，世称阮步兵。他崇奉老庄之学，政治上则采取谨慎避祸的态度。
③苏门啸：典故名，典出《晋书》卷四十九《阮籍列传》。"籍尝于苏门山遇孙登，与商略终古及栖神导气之术。登皆不应，籍因长啸而退。至半岭，闻有声若鸾凤之音，响乎岩谷，乃登之啸也。"后以"苏门啸"指啸咏。

亦比喻高士的情趣。

浅解：

  饶公、静慈圆两人都具有很高的佛学修养，彼此都能达到心无挂碍、圆照湛然的境界，而今高士之气节自然萌生，不必长啸而得，此刻重要的是彼此会心，以到达无上之境界。

简译：

  思绪平静没有波澜，湛然寂静圆照诸法。重新看待阮籍之徒，苏门啸咏多此一举。

吉川善之教授挽诗　用杜公耒阳阻水方田驿韵

将老失知音，重见嗟已渺。
风流未销歇①，有子称贤绍。
我来一何迟，瞻依②空华表③。
风雨伤无及④，瓣香⑤自少小。
公学无津涯⑥，茫羊⑦叹浩漾⑧。
逢迎惭薄劣⑨，契阔⑩增心悄。
珠池昔唱和，吟句动清矫。
披襟⑪未白头，意气满绿醥⑫。
江海今怅望，涕泪落旌旐⑬。
卅载笺杜深，工力真龙扰⑭。
已敌晓徵钱⑮，岂比陔余赵⑯。
修文天不憖⑰，一篑功讵少。
巫峡初赋归，绝笔方田沼。

注释：

① 销歇：消失。南朝宋·鲍照《行乐至城东桥》诗："容华坐销歇，端为谁苦辛。"

② 瞻依：瞻仰依恃。表示对尊长的敬意。语出《诗·小雅·小弁》："靡瞻匪父，靡依匪母。"

③ 华表：古代汉民族的传统建筑形式，属于古代宫殿、陵墓等大型建筑物前面做装饰用的巨大石柱。

④ 无及：形容事态发展已没有挽回的余地，来不及。《左传·哀公六年》："作而后悔，亦无及也。"

⑤ 瓣香：佛教语。犹言一瓣香。宋·陈若水《沁园春·寿游侍郎》词："丹心在，尚瓣香岁岁，遥祝尧龄。"

⑥ 津涯：范围；边际。唐·高适《三君咏·郭代公》："代公实英迈，津涯浩难识。"

⑦ 茫羊：出自《战国策·楚策四》："见兔而顾犬，未为晚也；亡羊而补牢，

19

未为迟也。"

⑧浩漾：水无际貌。《宋书·谢灵运传》："引修堤之逶迤，吐泉流之浩漾。"

⑨薄劣：低劣；拙劣。有时用为谦辞。《后汉书·孔融传》："朱、彭、寇、贾，为世壮士，爱恶相攻，能为国忧。至于轻弱薄劣，犹昆虫之相啮，适足还害其身，诚无所至也。

⑩契阔：离合，聚散。契：合，聚。阔：分离，疏也，远离别之意。《诗经·邶风·击鼓》："死生契阔，与子成说。执子之手，与子偕老。"

⑪披襟：犹披心，谓推诚相与。《晋书·周颉传》："伯仁总角于东宫相遇，一面披襟，便许之三事，何图不幸自贻王法。"

⑫绿醑：清酒。

⑬旌旐：指铭旌，导引灵柩的魂幡。南朝梁·王筠《昭明太子哀册文》："诏撰德于旌旐，永传徽于舜缀。"

⑭龙扰：如龙之驯顺。语本《左传·昭公二十九年》："〔董父〕乃扰畜龙，以服事帝舜"。

⑮晓徵钱：钱大昕（1728—1804），字晓徵，一字辛楣，号竹汀。清代史学家、汉学家。

⑯陔余赵：赵翼（1727—1814），字云崧，号瓯北，江苏阳湖人。清代文学家、史学家、诗人。著有《陔余丛考》。

⑰不憖：即"不憖遗"，不愿留。《诗·小雅·十月之交》："不憖遗一老，俾守我王。"后用作君主对大臣逝世表示哀悼之辞。

浅解：

吉川幸次郎，字善之，号宛亭，日本神户人。文学博士，中国文学和历史研究家。1980年4月8日因腹膜炎逝世。饶公与之交情甚密，赋诗表已痛惜之情。吉川善之教授对学术界的贡献非常显著，尤其是在杜诗评注方面，已可与钱大昕、赵翼等清代大家媲美。诗歌感情真挚，令人不忍卒读。

简译：

老之将至失去知音，再也没有相见机会。风流之事未曾销歇，众人皆称其承贤能。我怎么来得这么迟，瞻仰依恃唯剩华表。风雨哀伤无法挽回，献一瓣香太过微小。公之学问没有边际，出逃之羊叹水无际。趋奉迎合低劣惭愧，死生契阔让人心碎。当年珠池一同唱和，吟咏诗句清俊高雅。推诚相与白头之前，斟满清酒意气相投。四方各地如今怅望，涕泪四落灵柩魂幡。三十年来笺注杜诗，工力之深如龙驯顺。已经可匹敌钱大昕，也能与赵翼相媲美。上天不挽修文之士，功亏一篑如此之少。前去巫峡刚刚告归，绝笔方田沼泽之地。

王梵志讲论会，酒次赠入矢义高

且从醉里识真如①，毕卓②泉明③非我徒。
倒袜④法从梵志起，卷云诗⑤近寒山⑥无。
笑谈高义驱今古，出入辨章⑦泯主奴。
忽欲逃禅⑧心似矢，举杯还向客频呼。⑨

注释：

①真如：佛教语，梵语 Tathatā 或 Bhūtatathatā 的意译。谓永恒存在的实体、实性，亦即宇宙万有的本体。与实相、法界等同义。南朝梁·萧统《谢敕赉制旨大集经讲疏启》："同真如而无尽，与日月而俱悬。"

②毕卓：东晋官员。字茂世，新蔡铜阳（今安徽临泉铜城）人。历仕吏部郎、温峤平南长史。晋元帝太兴末年为吏部郎，因饮酒而废职。

③泉明：指陶渊明。南宋·周密《齐东野语》："高祖讳渊，渊字尽改为泉。"

④倒袜：王梵志"翻着袜法"的白话诗风。

⑤卷云诗：饶公自注："渔洋举白杨偈'出谷白云风卷回'为警句。"

⑥寒山：生卒年不详，字、号均不详，唐代长安（今陕西西安）人。中国唐代白话诗人。寒山的诗风和100年前的王梵志一脉相承，也是口语体的白话诗。

⑦辨章：使昭然显明、彰明较著。《尚书大传·尧典》："辨章百姓，百姓昭明。"

⑧逃禅：指逃离禅佛，即《孟子·尽心下》"逃墨必归于杨，逃杨必归于儒"之义。

⑨"举杯"句：饶公自注："诗中嵌其姓名。"

浅解：

王梵志诗风浅白，以"翻着袜法"即辛辣讽刺、幽默谐谑、正话反说等，于日常琐事中寄寓嬉笑怒骂，于幽默轻松中表现深远之旨，揭露社会现实矛盾。饶公参加王梵志讨论酒会，对王梵志诗风进行阐述，并借诗歌反映酒会气氛的活跃以及表明自己想要逃离世俗的决心。

简译：

　　姑且醉中辨识宇宙本体，我辈并非毕卓渊明之徒。翻着袜法原由梵志开启，风卷白云诗与寒山相近。嬉笑谈及高义叱咤今古，出入彰明较著消除主奴。忽想逃离禅佛心如飞矢，举杯还向客人频繁相邀。

赠南画会河野秋村

如过竹林寺①，共参画里禅。
出墙桃自媚，穿屋笋犹鲜。②
山海流观遍，乾坤管领先。
喜逢九十叟，相对说人天。

注释：

①竹林寺：河野秋村的住所是一间全部用竹编成的房子。
②"出墙"二句：指河野秋村的诗风。

浅解：

　　河野秋村住在简朴竹屋，九十高龄，精神矍铄，其诗如同出墙桃花，穿屋竹笋般具有穿透力。饶公与之相交，甚为欣赏。

简译：

　　如同经过竹林寺庙，共同参悟画里禅意。诗如出墙桃花自媚，穿屋之竹笋般新鲜。山川河流皆已观遍，能够敢于天地之先。喜逢先生九十高寿，相对共说人间天上。

住岩仓三缘寺，雨后见月　用渔洋秋柳[①]韵

山城缺月欲勾魂，一夜松风撼竹门。
醉里心仍生灭境[②]，雨余屐满藓苔痕。
驱愁不去难成赋，阖户暂安老此村。
口业[③]玄珠[④]空自剖，背时且待素心论。

注释：

① 渔洋秋柳：王士禛（1634—1711），字贻上，号阮亭，别号渔洋山人，山东新城人。清初著名诗人。作《秋柳四首》。
② 灭境：佛法以最为彻底的断灭为至高境界。
③ 口业：妄言、绮语、两舌、恶口。
④ 玄珠：佛教比喻道的实体或教义的真谛。晋·支遁《咏怀》诗之二："道会贵冥想，罔象掇玄珠。"

浅解：

　　饶公宿三缘寺，雨后见月，禅意入诗，为其心中"悟"的化境。

简译：

　　山城缺月欲要勾人魂魄，一夜松林之风撼动竹门。醉里心中仍生断灭之境，雨后屐鞋沾满苔藓痕迹。愁绪无法驱除难以赋诗，村中家户让人暂时安宁。口念教义真谛空自剖析，违背时运且待素心之论。

谢神田贻画禅室随笔讲义　用东坡赠南禅师韵

十载违德辉^①，证寐靡所遣。
置身尘网^②间，南北任萍转。
朋旧伤蒿落，陈篇委篋衍^③。
万派仰灵光，禅室密可卷。
喜公鬓返黑，鹤长龟不喘。
海岳布真言，容台^④语三反。
笑谈欣有合，乐事仍作茧。
指窍最圆通，说偈^⑤不妨浅。

注释：

①德辉：仁德的光辉。《礼记·乐记》："故德辉动于内，而民莫不承听。"
②尘网：旧谓人在世间受到种种束缚，如鱼在网，故称尘网。晋·陶潜《归园田居》诗之一："误落尘网中，一去三十年。"
③篋衍：方形竹箱，盛物之器。《庄子·天运》："夫刍狗之未陈也，盛以篋衍，巾以文绣，尸祝齐戒以将之。"
④容台：行礼之台。《淮南子·览冥训》："容台振而掩覆"。
⑤说偈：讲解佛经唱词。偈，佛教术语，佛经中的唱词。

浅解：

　　谢神田贻画禅室随笔讲义，饶公欣喜赋诗，对随笔讲义蕴含幽趣禅理能发人深省之义甚为欣喜，引发出对人生深层思考。

简译：

　　十年以来辜负美好时光，日夜论证研究心中所遣。置身在这纷扰人世之间，天南地北任如浮萍飘转。朋友故旧感伤香蒿凋落，陈篇旧稿罗于箱子之中。千门万派一同瞻仰灵光，禅室密藏宝贵随笔书卷。欣喜足下鬓发重现黑亮，鹤龟长寿呼吸不曾急促。四海五岳广泛布施真言，讲堂上能举一隅而三反。笑谈之中欣感志趣相投，于中作茧自缚乐此不疲。直指窍妙达到圆通之境，讲解佛经唱词不妨浅尝。

论书赠西川宁兼柬青山衫雨　叠前韵

南北谁分宗，方圆恣意遣。
藏锋墨有痕，一波或数转。
悬针溯盟书^①，商探待吾衍。
死中可得活，放处足舒卷。
书道理宜然，气贯不须喘。
公已肱三折^②，我似崖初反。
喜得礼伽蓝，未敢辞足茧^③。
山河大地间，还证深中浅。

注释：

① 盟书：春秋战国时代各诸侯国或卿大夫之间订立盟誓时所记录的盟辞。此
指书法取法可追溯到春秋战国时期。
② 肱三折：几次断臂，就能懂得医治断臂的方法。后比喻对某事阅历多，自
能造诣精深。《左传·定公十三年》："三折肱知为良医。"
③ 足茧：脚掌因磨擦而生出的硬皮。喻指跋涉辛劳。

浅解：

此诗为赠诗，又是论书诗。诗中展现书法技巧以及学书之趣，对西川宁
"肱三折"而获得的书法造诣表示敬佩，亦表达饶公自己孜孜不倦上下求索
的积极人生态度。

简译：

天南地北谁能分清宗派，方折圆转随心恣意运用。字里藏锋墨迹体现痕
迹，一波三折或者屡次转笔。悬针之法可追溯到盟书，商讨探究正待我辈开
展。可于绝处获得灵活之态，放开落笔能得舒展之姿。书法之道理当怡然自
得，一气呵成贯通不须喘息。足下三折其肱造诣精深，我字似同悬崖勒回而
返。欣喜能够栖宿佛寺之中，一生跋涉辛劳从未敢不。山川河流大地人世之
间，还待我辈论证深浅之道。

庚申五月十七日，醍醐寺东方学会上讲殷易卦。
贝塚茂树教授主其事　三叠前韵

阴阳不孤生，空有仗双遣①。
醍醐有至味②，妙语须一转。
坤乾难搜讨，极数③稽大衍④。
日者⑤岐山下，契龟出蕴卷⑥。
眼花字如蚊，骇汗⑦已气喘。
目击倘道存，卦名堪三反。
夏雨生波澜，春蚕方在茧，
荷沼好题诗，菰蒲冒清浅。

注释：

① 双遣：双遣双非法中的"双遣"和"双非"，就是佛教经书中所提倡的
"离四句"之学说。而所谓"离四句"的四句就是指"有""无""非有非
无"和"亦有亦无"四句。

② "醍醐"句：醍醐味为五味之一。此指醍醐寺讲易卦之事。

③ 极数：穷尽其技艺。《易·系辞上》："极数知来之谓占。"孔颖达："谓穷
极蓍策之数，豫知来事，占问吉凶，故云谓之占也。"

④ 大衍：《易·系辞上》："大衍之数五十。"后以大衍为五十的代称。

⑤ 日者：占候卜筮的人。《墨子·贵义》："子墨子北之齐，遇日者。"

⑥ "契龟"句：《礼记·曲礼上》："祭器敝则埋之，龟策敝则埋之，牲死则
埋之。"

⑦ 骇汗：因惊骇而出的汗。唐·韩愈《元和圣德诗》："末乃取辟，骇汗如
写。"

浅解：

醍醐寺东方学会上讲殷易卦，饶公赋诗阐述，探寻《周易》卦爻辞之
义，感叹殷易文化之久、内容之深，诗尾由事入情，由情入境，表达对季节
感悟。

简译：

　　阴阳之道不是孤立相对，空有依仗双遣双非评定。醍醐寺有讲殷易卦之事，妙语需要有人主事讲授。坤乾二卦费人搜索探讨，天地极数大衍之数五十。占候卜筮的人在岐山下，龟骨契刻损坏将之埋掉。老眼昏花观字如同观卦。夏雨徒让江海波澜四起，春蚕才刚开始自缚作茧。沼泽荷花绽放好作诗歌，水清澈处蒁蒲草木长出。

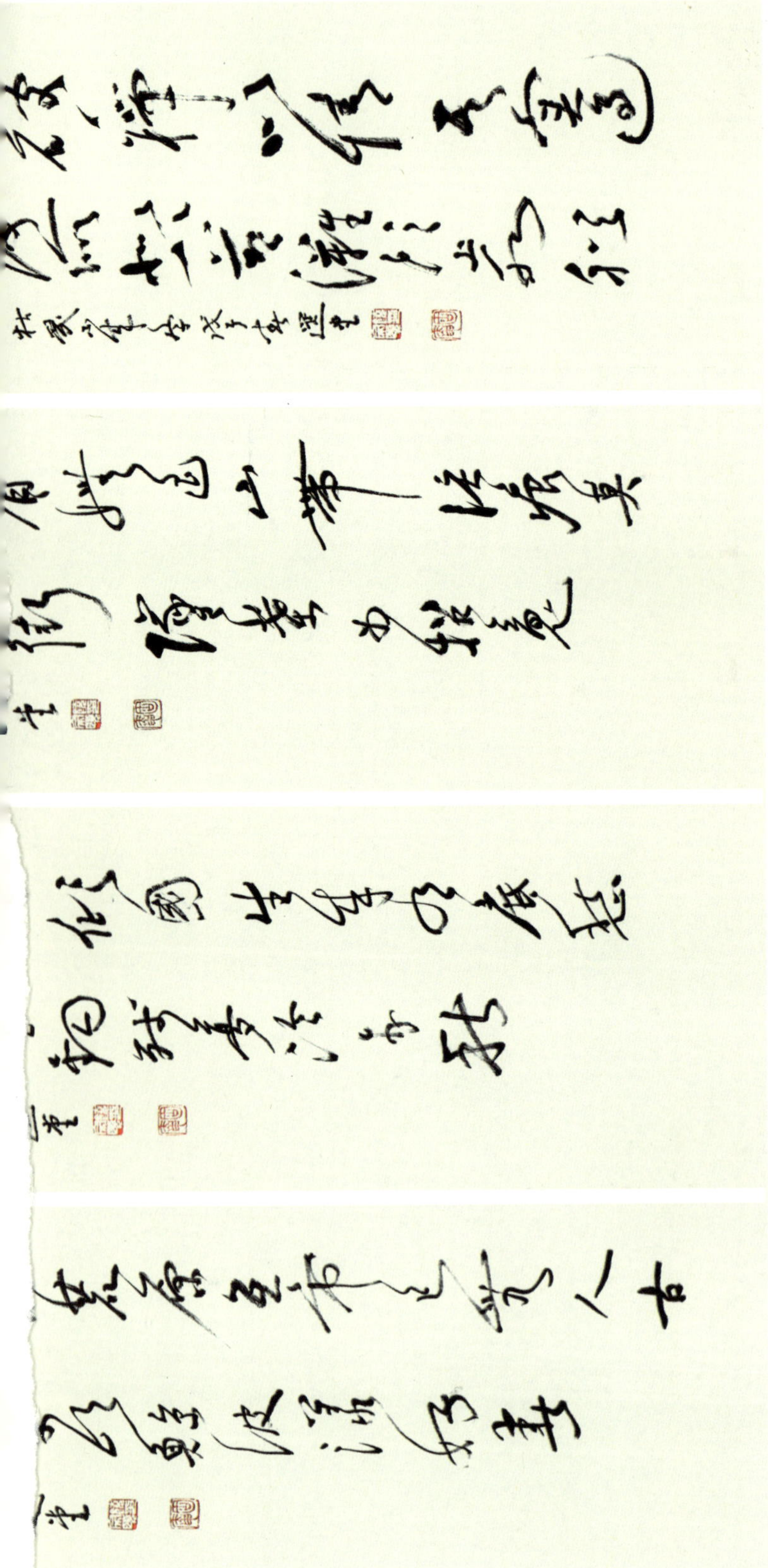

屡陪小川、入矢、清水诸教授，至天理图书馆观善本书 用东坡密州于字韵

登高喜得随大夫，同归万汇总殊途。
奇书弋猎①事至劬②，摩挲邺架③捻吟须。
十驾难追千里驹。此邦盍簪④盛文儒，
冲融世业名德俱。随处体认理非无。
譬从玄圃⑤到方壶⑥，但夸万卷吾友于。
牛场鼠坻⑦无乃迂，青灯⑧坟典⑨纷墨朱。
六十方自知头颅，山中早已嗤其愚。

注释：

①弋猎：射猎，狩猎。此指涉猎。《国语·越语下》："王其且驰骋弋猎，无至禽荒。"

②至劬：过分劳苦。

③邺架：唐·韩愈《送诸葛觉往随州读书》诗："邺侯家多书，插架三万轴。"邺侯，即李泌。后因以"邺架"比喻藏书处。

④盍簪：《易·豫》："勿疑，朋盍簪。"指士人聚会。

⑤玄圃：是汉族传说中的"黄帝之园"，昆仑山顶的神仙居处、黄帝之下都。

⑥方壶：东海仙山，相传位于山东蓬莱县沿海一带。据《史记·孝武本纪》："其北治大池，渐台高二十余丈，名曰泰液池，中有蓬莱、方丈、瀛洲、壶梁，象海中神山龟鱼之属。"

⑦牛场鼠坻：《古文苑·扬雄》："〔张伯松〕属雄以此篇，颇示其成者，伯松曰：'是悬诸日月不刊之书也。'又言恐雄为《太玄经》，由鼠坻之与牛场也。"

⑧青灯：光线青荧的油灯。借指清苦的攻读生活。唐·韦应物《寺居独夜寄崔主簿》诗："坐使青灯晓，还伤夏衣薄。"

⑨坟典：指三坟、五典的并称，泛指古书。见《南史·丘巨源传》："少好学，居贫，屋漏，恐湿坟典，乃舒被覆书；书获全而被大湿。"

浅解：

饶公于天理图书馆观善本书，做学问之人，书乃至宝，书读得越多，越显得自己知识的贫乏，饶公对其藏书之丰甚为感慨而引发情思。

简译：

登高喜得跟随众位好友，志趣相投却总各自奔途。浏览涉猎奇书过于辛劳，捻吟胡须摩掌精研书本。驽马十驾难追千里之驹。此地儒者志士甚为兴盛，世业冲和名望德行兼俱。随处体察认识没有争议。譬从玄圃再到东海仙山，姑且炫耀万卷书藏吾友。没有牛鼠粪土陈旧之见，青荧油灯古书墨色鲜艳。六十岁后才知自己追求，山中早已嘲笑我的愚痴。

菊池英夫邀往北海道作十日游，戏撷地名为诗谢之

昔诵知北游，北海多嘉名。
扫迹①梦寐求，幽讨②苦未能。
为谢菊池君，示我以日程。
白老更青函，支笏连太清。③
荡胸生层云④，峡中灵怪迎。
雾多布广原，丹顶鹤夜惊。
网走⑤澄潭下，山阿寒可登。
春来大雪消，草木已留荫。
银钏路⑥如诗，一一足缘情。
厚岸⑦试呼风，会当叩云荆。

注释：

①扫迹：指绝迹。宋·陆游《山园杂咏》诗之三："俗客年来真扫迹，清樽
　日暮独忘归。"
②幽讨：谓寻讨幽隐。
③"白老"两句：白老、青函、支笏皆为北海道名胜；太清，道家三清境之
　一，又称太清天、大赤天。
④"荡胸"句：出自唐·杜甫《望岳》："荡胸生层云，决眦入归鸟。"
⑤网走：北海道东北部鄂霍次克海沿岸最大的城镇。
⑥钏路：钏路支厅，为日本北海道道东地方的支厅。
⑦厚岸：地名。位于北海道钏路支厅东南部。

浅解：

　　菊池英夫邀饶公北海道十日游，饶公以地名赋诗表示感谢，诗中将北海
道的地名融入诗意，并将各地的特色一一展现，自然而有趣。

简译：

　　昔日作北海道之游，北海素来皆有嘉名。当地绝迹梦寐以求，寻讨幽隐

苦未能觅。为了感谢菊池英夫，邀我游赏定我日程。白老青函海底隧道，支笏湖如太清之境。升起云霞荡涤我心，峡谷之中灵怪香迎。大雾弥漫整个平原，丹顶鹤入夜而惊鸣。网走之地澄澈之湖，山岳冷峻可供攀登。春天来临大雪消融，草木繁茂已经成荫。钏路支厅如诗之境，皆可入诗抒发我情。驻足厚岸顺风而呼，应该可以直上云端。

读三浦梅园^①集，和其枕肱亭韵

玄关深出有玄关，谁把十玄^②缩两间^③。
三语^④枕肱贫亦乐，九州行脚^⑤倦知还。
天机活泼^⑥无如水，思路郁纡只对山。
日月星辰皆灿烂，由来理胜^⑦自心闲。

注释：

①三浦梅园（Miura Baien，1723—1789）：名晋，字安贞，号梅园，别号孪山、洞仙。日本德川时代中期的哲学家、儒医。
②十玄：又叫作十玄门，是贤首宗重要的学说。贤首宗人为显示法界圆融、事事无碍、相即相入、无尽缘起的玄义，立此十门。
③两间：谓天地之间，指人间。
④三语：饶公自注："三语指梅园所著《玄语》《赘语》《敢语》。梅园略参西学，构成其深邃思想，路径极似方以智。"
⑤行脚：又作游方、游四方、游行。谓僧侣无一定的居所，或为寻访名师，或为自我修持，或为教化他人而广游四方。游方之僧，即称为行脚僧。
⑥天机活泼：使灵性生动活泼，自然舒展。
⑦理胜：凭借智谋胜人。

浅解：

  饶公和三浦梅园诗，对其所著《玄语》《赘语》《敢语》三语思想具有指导意义及现实价值加以褒扬，认为其著作如水般有灵性活泼，如山般盘曲迂回，可比方以智。

简译：

  玄关深出有其玄妙之境，谁把十玄汇聚天地之间。梅园三语枕肱虽贫亦乐，羁旅九州大地疲倦知还。灵性生动活泼如同流水，思路盘曲迂回似山绵延。日月星辰光彩鲜明夺目，历来以理服人心中自闲。

赠东京波多野太郎

朗照开茅塞，谦光①减刹尘②。
不堪霜满鬓，长是墨磨人③。
绝国④辎轩⑤语，深杯⑥浩荡春。
粤风欣有托，偏共木鱼⑦亲。

注释：

①谦光：谦尊而光，典故名，典出《周易》卷二《谦卦》。"谦，尊而光，卑
　而不可逾。""谦尊而光"谓尊者谦虚而显示其光明美德，谦虚。亦省作
　"谦光""谦尊"。
②刹尘：佛教语。谓国土无量，犹如微尘，而每一尘中复有无量国土，重重
　无尽。《华严经·世主妙严品》："清净慈门刹尘数，共生如来一妙相。"
③墨磨人：文人的长年磨墨为文，日夜绞熬脑汁，表面上看，是人在磨墨，
　骨子里却是墨在磨人。宋·苏轼《次韵答舒教授观余所藏墨》："非人磨墨
　墨磨人，瓶应未罄罍先耻。"
④绝国：极其辽远之邦国。《史记·卫将军骠骑列传》："因前使绝国功，封
　骞博望侯。"
⑤辎轩：古代使臣的代称。汉·扬雄《答刘歆书》："尝闻先代辎轩之使，奏
　籍之书皆藏于周秦之室。"此代指东京波多野太郎。
⑥深杯：满杯。明·屠隆《彩毫记·预识汾阳》："斟佳酝且深杯满引，醉倚
　营门，高歌击剑动星辰。"
⑦木鱼：佛、道通用之木鱼，与铜磬为一对不可分离之通神乐器，皆系仪案
　上必备之法器。

浅解：
　　波多野太郎（1912—2003），自称湘南老人，广岛文理科大学（今广岛
大学）文学博士。为日本的中国语学会会长，国际上驰名的汉学家，在日本
汉语学界中以训诂校勘之学成名，中国古代文学戏曲史研究家。诗中反映饶
公遇到波多野太郎这位能和自己"偏共木鱼亲"、有着共同兴趣爱好的异国

学者内心的喜悦之情，诗中亦不乏人生苦短、知音难觅之思。

简译：

朗照之光顿开茅塞，谦虚美德削减凡尘。白霜满鬓令人不堪，人的一生给墨磨掉。辽远邦国使君妙语，浩荡春光满杯共饮。粤地之风欣所寄托，偏偏共与木鱼亲近。

将重访飞鸟寺①，听二弦琴未果

枯木岂无情，兴亡几弹指，
指上生两仪②，心在秋声里。

注释：

①飞鸟寺：日本最古老的寺庙。位于奈良县高市郡明日香村，公元596年由
　苏我马子所建。

②两仪：指天地。《易经》："易有太极，始生两仪，两仪生四象，四象生八
　卦。"

浅解：

　　此诗以枯木（琴的底座）暗示琴声，极为形象，引导读者进入诗境，后
面则是议论性抒情，牵涉到对历史、对天地万物的"大悲"之情，饶公由琴
而悟道，由琴而悟出阴阳涓长，其心沉沉浸在秋声之中。

简译：

　　枯朽之木岂会无情，兴亡更替在弹指间，指上萌生天地之象，心绪在秋
声中游荡。

泠泠①正须听，待访此灵琐②，
冰炭置回肠，何当泯人我。

注释：

①泠泠：清凉、凄清的样子。《楚辞·初放》："下泠泠而来风。"

②灵琐：此指飞鸟寺。《楚辞·离骚》："欲少留此灵琐兮，日忽忽其将暮。"

浅解：

　　此诗表达饶公想听飞鸟寺的二弦琴未果的遗憾萦绕心头，长久不能
消失。

简译：

凄美之音我辈须听，迫不及待访此灵寺，冰炭不融思虑回肠，为何如此灭我兴致。

唐招提寺①瞻谒鉴真大师②坐像，时仗方从北京返洛

一钵东征去，回头望齐州，
千年归故里，中道长悠悠。

注释：

①唐招提寺：日本佛教律宗建筑群，简称为招提寺。在日本奈良市西京五
条。由唐朝鉴真主持，于759年建成，与东大寺的戒坛院并为传布和研究律
学的两大道场。

②鉴真大师：唐朝僧人（688—763），俗姓淳于，广陵江阳（今江苏扬州）
人，律宗南山宗传人，也是日本佛教南山律宗的开山祖师，著名医学家。

浅解：

鉴真大师当年东征日本，成为南山律宗的开山祖师，如今仗方从北京返
洛回到故里，事隔千年，令饶公感叹。

简译：

一瓶一钵东征而去，回头遥望齐州故城，千年之后回归故里，佛法中道
漫长遥远。

众叶正青时，万方瞻大德①，
寸泪不须弹，池荷如眼碧。②

注释：

①大德：佛家对年长德高僧人或佛、菩萨的敬称。梵语为"婆檀陀"
（bhadanta）。北魏·杨炫之《洛阳伽蓝记·秦太上君寺》："常有大德名僧
讲一切经，受业沙门，亦有千数。"

②"寸泪"二句：饶公自注："芭蕉翁题句云：'愿以此嫩叶揩去大师之眼
泪。'"

浅解：

　　此诗道出中日两国人民对鉴真的崇敬，他的传法泽及草木，同时，阐释佛法对陶冶心性的作用。佛法对于生活而言，就是控制自己的情绪，让自己更好地生活；佛法对于生命而言，它教会我们了生死、求解脱、行菩萨道，走向永恒。

简译：

　　枝叶正值茂盛碧绿，四面八方瞻仰大德，无须弹去眼上寸泪，池塘荷叶如眼碧绿。

　　飞鸟集重洋，压舟舟欲没，^①
　　此心何泓澄^②，不动^③看皓月。

注释：

①"飞鸟"二句：饶公自注："师于越州浦梦次一洋，纯见飞鸟集于舟背。"

②泓澄：水深而清。晋·左思《吴都赋》："泓澄奫潫，颎溶沇瀁。"

③不动：不动即如如不动。《金刚经口诀》："七宝福虽多。不如有人发菩提心。受持此经四句。为人演说。其福胜彼百千万亿。不可譬喻。说法善巧方便。观根应量。种种随宜。是名人演说。所听法人。有种种相貌不等。不得作分别之心。但了空寂如如之心。无所得心。无胜负心。无希望心。无生灭心。是名如如不动也。"

浅解：

　　唐天宝元年（742），普照、荣睿两位法师到扬州大明寺，邀请鉴真大和尚东渡日本，济度众生。鉴真慨然应允，弟子祥彦、思托、倒航、如海等21人随同前往。天宝七年，至越州浦止署风山，鉴真夜梦次一洋，纯见飞鸟，集于舟背，压舟几乎要沉没。此诗反映此典，阐述佛教修行的面对一切世间的境缘，心里不产生执着，面对一切事物，心理上完全以随缘与平静来应对的境界。

简译：

　　飞鸟聚集远涉重洋，积压于船船要沉没，此心如同水般清澈，如如不动眺望明月。

行四羯磨法①，持此不坏身②，
慧泉流不竭，谁及广陵人。③

注释：

①四羯磨法：四分比丘尼羯磨法。
②不坏身：佛教对诸佛菩萨无生无灭的法身之称。《涅槃经·寿命品》："云
    何得长寿，金刚不坏身。"
③"谁及"句：饶公自注："师原籍广陵江阳县。"

浅解：

　　此诗用"四羯磨法""不坏身"等暗示鉴真修佛诚心以及佛法修行之深
入，诗中无不反映饶公对鉴真大师的崇敬之情。

简译：

　　潜心修行四羯磨法，保持无生无灭法身，智慧之泉流之不竭，谁比得上
广陵鉴真。

猊座①绕宝香，如参卢行者②，
出海露须弥③，象教④被天下。

注释：

①猊座：指镂刻成狮子状的香炉。宋·周必大《二老堂杂志·大宴金狮子》：
    "香象狻猊杂瑞烟，于彩仗雪残鹙鹄。"
②卢行者：惠能法师（639—713），被尊为禅宗六祖的曹溪惠能大师，对中
    国佛教以及禅宗的弘化具有深刻和坚实的意义。
③须弥：佛教解释，我们所住的世界中心是一座大山，叫须弥山。
④象教：释迦年尼离世，诸大弟子想慕不已，刻木为佛，以形象教人，故称
    佛教为象教。南朝梁·元帝《内典碑铭集林序》："象教东流，化行南国。"

浅解：

　　此诗富有禅意，蕴含佛教的典故以及佛法无边之理。

简译：

　　狮状香炉萦绕宝香，如卢行者参悟佛法。大海之中须弥山现，佛教教义泽被天下。

赤山禅院与藤枝晃同游，怀慈觉大师

旧是登州①地，留书赤浦②回。
猿随林影尽，秋入峡声哀。
翻叶鸣禽变，移舟对马来。
莫琊如在望，风送晚云开。

圆仁《行纪》云："船往登州赤山浦，见留书云："专在赤山相待，回日时午，从赤浦渡海。出赤山莫琊口，向正东行……十日，平明向东，遥见对马岛"。

注释：

①登州：山东登州、蓬莱二州皆濒大海，为高丽、日本往来要道。
②赤浦：赤山浦。

浅解：

饶公与藤枝晃同游京都赤山禅院，缅怀鉴真大师。诗中登州与赤浦、莫琊等地名，是古代通往日本的主要通道。日本高僧圆仁《入唐求法巡礼行记》："登州牟平县唐阳陶村之南边，去县百六十里，去州三百里。从此东有新罗国，得好风，两三日得到。"又说："从赤浦（赤山浦）渡海，出赤山莫琊口，向正东行一日一夜，至三日平明，向东望见新罗国西面之山。风变正北，侧帆向东南行一日一夜，至四日晓，向东见山岛段段而接连。问艄工等，乃云：是新罗国西熊州西界。"

简译：

旧时曾是登州之地，留下经书赤浦归回。猿声相伴山之尽头，秋气入峡声音悲哀。树叶凋零鸣鸟更变，乘舟而上驾马而来。赤山莫琊如在前方，微风徐来晚云散开。

附：　　　　　　　　　　和　作

清水茂

万叶①富情思，人心能直指。
今编乐府诗，可入吴歌里。
素女半琴丝，犹嫌哀细琐。
减余少两弦②，呼起未生我。

注释：

①万叶：《万叶集》。
②两弦：二弦琴。

附：　　　　　　　　　　和　作

清水茂

为法过三海，傅灯粟散州，端庄施戒律，千载入禅悠。①
慈眼愍群生，失明弥耀德，真如照寂心，必见澄池碧。
飓母起波涛，常闻使船没，晁卿②定羡师，得照家乡月。
寂静莲池里，塔婆藏现身，香烟思故国，岂不与尊容。
斯人尚俨然，普救迷途者。信女化长龙，拈香归膝下。

注释：

①禅悠：以下和唐招提寺。
②晁卿：《晁卿歌》："云仰首望长天，疑是来时月，升至奈良三笠山。"（李芒译）。

题五山僧①所著书五首

横行一世得人憎②，法雨③山川与荐灵。
少室寒添应息恨，虎关④门下有传灯。

注释：

①五山僧：指日本五僧，即一山一宁、雪村友梅、绝海中津、漆桶万里、笑云清三。

②"横行"句：饶公自注"一山一宁《语录》。其坐化偈言："横行一世，佛祖吞气。""寒添少室齐腰恨"，为其雪夜诗句。"

③法雨：佛教语。喻佛法。佛法普度众生，如雨之润泽万物，故称。《法华经·化城喻品》："普雨大法雨，度无量众生。"

④虎关：虎关师炼（1278—1346），日本临济宗僧。京都人，俗姓藤原，法名师炼，为白河济北庵与伊势本觉庵之开山祖。其文才直追唐宋八大家。世称海藏和尚，敕号虎关国师、本觉国师。门人有性海灵见、龙泉令淬、日田利涉、回塘重渊等。

浅解：

　　饶公题五山僧所著书五首，五山僧文学，是指日本汉诗文，先后在禅僧（特别是镰仓五寺、京都五寺的禅僧）中兴盛起来，进入全盛时期，统称为"五山文学"。五山文学是在禅林的特殊大环境下的产物，似疏离社会、孤立于近古文学发展而存在。第一首题一山一宁，大德二年（1298），元政府拟再派名僧为使，赴日以"通二国之好"。第一次出使未果的愚溪如智，以己年事已高，力保一宁担任使者。于是元成宗敕宣慰使阿达剌等五十余人至普陀寺，宣读宣慰使手书及僧录司官书。赐一宁金襴袈裟及"妙慈弘济大师"称号，命充"江浙释教总统"，又出使日本。

简译：

　　横行霸道一世让人憎恨，佛法如雨山川荐灵于人。寒添少室应将仇恨停息，虎关师炼门下有传灯录。

谩斩春风露电驰，终南翠色媚幽姿。

含香百鸟花齐放，珍重岷峨笔一枝^①。

注释：

① "含香"二句：饶公自注："雪村友梅《岷峨集》。其廿四岁蜀狱中偈，有
'电光影里斩春风'句。"

浅解：

雪村友梅（1290—1347），系元朝时日本高僧，是元朝普陀山高僧一山
一宁的弟子，18 岁时出访元朝，朝拜祖庭，访遍高僧大德，精通佛法和汉
学。此诗盛赞雪村友梅的修行和文笔，是可斩春风、驰露电其幽姿媚于终南
山翠色。

简译：

天露疾驰电光谩斩春风，终南山翠色妩媚展幽姿。山花齐放溢香百鸟齐
飞，珍贵《岷峨》书者健笔一枝。

绝海飘然驾远涛，径山全室^①共游遨。

吟成海上风云稳，弥信殿前恩宠高。^②

注释：

① 径山全室：季潭宗泐禅师（1318—1391），今浙江临海人。禅师谈吐风雅，
精通诸子百家，善诗、工书。明太祖奉其为国师，授右善世，命掌天下僧
教。有《全室外集》十卷行世。
② "弥信"句：饶公自注："绝海中津《蕉坚集》。来华谒明太祖洪武赠诗。"

浅解：

绝海中津，系日本室町幕府初期的临济宗禅师，别号蕉坚。1368 年
（日本应安二十三年，明洪武元年）到中国，应明太祖之召，应敕赋诗，有
"熊野峰前徐福祠"之句，并得和韵，1376 年回国，为天龙寺首座、甲斐国

慧林寺住持，后任等持寺、相国寺住持。后追封佛智广照国师。著有《蕉坚集》，为五山文学中的重要诗文集。此诗为题绝海中津《蕉坚集》之作，写其飘洋过海来华，并受明太祖的接见。

简译：

绝海飘然乘船远行来华，赋诗《径山全室》共同游邀。吟诵而成海上风云平稳，坚信殿前独得皇帝恩宠。

> 虎山龙水讵寻常，无尽梅花兴味长。
> 三沐三薰黄太史①，惜无人识《帐中香》。②

注释：

①黄太史：漆桶万里在文明十七年（1485）至长享二年（1488），讲黄庭坚诗二十卷。

②"惜无"句：饶公自注："漆桶万里著《帐中香》一书，共数十册，笺黄工力，度越青神矣。稿本藏天理大学。万里自撰诗集名《梅花无尽藏》。"

浅解：

第四首题漆桶万里，日本室町时代的禅僧，别号梅庵、漆桶万里、椿岩等，著有汉诗文集《帐中香》《梅花无尽藏》，收录于玉村竹二所编《五山文学新集》第六卷（东京大学出版会）。

简译：

虎山龙水之气不同寻常，《梅花无尽》诗集意味深长。三沐三薰笺注黄太史集，可惜无人识得其《帐中香》。

> 《四河入海》①说丛脞②，蕉雨平添余滴多③。
> 万里抄来《天下白》④，五山几辈礼东坡。⑤

注释：

①《四河入海》：该著作共100卷，成书于日本天文三年（1534），为日本五

山禅僧笑云清三所编的苏轼诗歌"抄物"汇编。

②丛脞：渊博。元·辛文房《唐才子传·贯休》："休一条直气，海内无双，意度高疏，学问丛脞。"

③"蕉雨"句：《蕉雨余滴》为苏诗注本。

④"天下白"：苏诗注本。

⑤"五山"句：饶公自注："笑云清三编《四河入海集》，网罗扶桑诸家注苏，汉土之所为睹。就中《天下白》一编，亦万里之作。"

浅解：

　　第五首题日本临济宗僧笑云清三，伊势（三重县）人，早年出家，继京都东福寺之法，通内外学。因注解苏东坡诗而编著《四河入海》百卷。其年寿不详，为日本室町末期人。

简译：

　　《四河入海》道尽知识渊博，《蕉雨余滴》增添苏诗注本。笑云清三著录《天下白》篇，五山文学几辈注释苏诗。

宇治川①咏古

桐原②寥落草连空，御宇③依然列岛宫。
菟道④不堪寻往迹，繁花长自泣春红。

注释：

①宇治川：宇治，日本本州中西部城市。属京都府，在京都府南部，邻接京
　都市的东南方，自古以来就是连接奈良和京都的通路——宇治川的渡河地
　点，所以作为交通要冲十分繁荣。
②桐原：宇治上神社内有一泉眼，名桐原水，是古传宇治七眼名水之一。
③御宇：统治天下。唐·白居易《长恨歌》："汉皇重色思倾国，御宇多年求
　不得。"
④菟道：宇治地名。

浅解：

　　此诗描绘宇治境内萧条之景，宇治是以世界遗产寺庙平等院及抹茶闻名
的都市，也是源氏物语故事的主要舞台，然旧事的繁盛已经不再，饶公暗自
感伤。

简译：

　　桐原寥落杂草接连天地，驾御宇内依然是那岛宫。菟道不堪遗迹不可寻
觅，盛开之花春季独自感伤。

让国真堪比叔齐①，候人②三度听鹃啼③。
春风自拂无情水，助得阿兄泪涨堤。

注释：

①"让国"句：国君墨胎氏——也称墨姓，东周初期，先君有名初字子朝的
　国君生有几个公子，太子伯夷、三公子叔齐。墨初君主曾遗嘱传位叔齐，
　为弟的却遵从长幼有序请兄长伯夷登基。伯夷父命难违奔逃；叔齐仍不肯

继位跟随兄长一起离开了孤竹国。典出西汉·司马迁《史记·伯夷列传》。
② 候人：藤原赖通于永承七年（1052）创建平等院，而居住在宇治、世世代代守护着平等院的则是"平等院候人"。
③ 鹃啼：相传杜鹃啼声凄苦。因多用以形容人的思念之苦或悲怨之深。元·虞集《送王君实御史》诗："莺满辋川君定到，鹃啼剑阁我思归。"

浅解：

平等院候人作为藤原氏的家臣的候人们，不仅效力于平等院，在茶被引进到宇治后，他们还用心经营茶园，成了茶师。随着候人与足利将军家相交愈深，其地位逐渐上升并成了统治者，在宇治乡的行政方面也拥有着权势，但元龟四年（1573），足利家在槙岛城之战中败给了织田信长，候人们权势也随之衰落，而候人们依旧在经营茶园的同时，从表里各个方面支撑着宇治和平等院。之后的明治时期，因维新运动和排佛毁寺等政策，导致神社寺庙一片荒废，幸有当时的平等院住僧以及继承候人意志的茶师们，平等院才得以重建，诸多文化遗产才能一直保存至今。因此饶公在诗首说"让国"。

简译：

让国之举可与叔齐相比，平等院候人三度听鹃啼。春风吹拂着无情之逝水，阿兄涕泪涟涟如涨堤坝。

鹿阪池边水尚温，钟情偏是发长媛①。
明宫②百岁升龙后，坐使鹪鹩定一尊③。

注释：

① 发长媛：仁德天皇妃日向发长媛。
② 明宫：指仁德天皇，其父皇应神大王住于轻岛丰明宫。
③ "坐使"句：仁德天皇（313—399）别名大鹪鹩尊，誉田天皇之第四子。

浅解：

此诗描写明宫遗址，并借诗意阐述仁德天皇时期的历史。言简意赅，内涵丰富。

简译：

鹿阪池边河水依旧温暖，钟情偏偏是日向发长媛。天皇百岁乘龙升天之后，使得鹤鹁成为天皇之尊。

乘舟二子忽操戈①，击楫中流②唤奈何。
碧水至今鸣咽③去，沧桑无改夕阳多。

注释：

①操戈：执戈。拿起武器。《列子·周穆王》："操戈逐儒生。"
②击楫中流：比喻立志奋发图强。见《晋书·祖逖传》。
③鸣咽：形容水、风等的声音凄切。

浅解：

　　此诗阐述源氏与平家两大氏族之争，感叹世间纷争如流水般飞逝，青山夕阳依旧，而惨痛历史早已淘尽。

简译：

　　乘船二人忽然执戈争辩，如此奋发图强无可奈何。绿水事到如今鸣咽逝去，沧桑不曾改变夕阳依旧。

桥姬社①

佳人底事怅离群，玉笛频吹海上闻。
剩向三间供御食②，山城风土足消魂。

注释：

①桥姬社：桥姬（繁文：桥姬；日文：はしひめ）是一种出现在桥边的女妖
（算是一种被神格化的妖怪）、神祇，属于日本水妖和水神。女妖由于痴爱
他人，又不能和心爱的人在一起就从桥上跳到水中自杀。如果晚上有男子
过桥，就会出现，并把其引到水中溺死；如果有女子过桥，就会强行拉其
入水。桥姬又见于《明治妖记》，关于她的传说故事有很多。
②"剩向"句：饶公自注："宇治桥上有三之间。"

浅解：

在古代日本，桥是国与国之间的通道和界线，因此桥姬是为了防止外敌
入侵而产生的神祇信仰。桥姬既是桥的妖怪，也是桥的守护神，大桥基本上
都会有供奉桥姬的祠堂。

简译：

佳人离群往事令人惆怅，玉笛频吹大海上可听闻。唯剩那三之间供奉侍
候，山城遗留风俗令人消魂。

宇治道中遇雨

饲鸬①门外绿岩稠，西望长安隔九州。
万叶风吹秋似梦，一江雨集屋如舟。
山连黄檗②分灯统③，水带青萝豁旅眸。
聊欲烹茶寻一憩，云津雾海共悠悠。

注释：

①饲鸬：《藤花末叶》卷提到用鸬鹚捕鱼，宫中御厨里主管饲鸬鹚的人与六
条院中饲鸬鹚的人，在御驾经行时表演鸬鹚捕鱼。

②黄檗：原指植物，此有借指之意。中国福建和日本京都有黄檗寺。黄檗
宗，佛教禅宗派别之一。宗名取于福建福清之黄檗山。

③分灯统："越祖分灯禅"。宗下常常讲"超佛越祖"，"超佛"不已，就要
"越祖"。"分灯"是五宗分传禅灯。

浅解：

宇治途中遇雨，迷蒙景象更添意趣。诗中道出宇治自然、人文之景和谐
的氛围，亦道出饶公旅途中悠然自得的心境。

简译：

饲养鸬鹚门外绿岩稠叠，西望长安远隔九州大地。万叶风吹秋天如同梦
境，江水雨水交汇小屋如舟。山色接连黄檗越祖分灯，水带青萝眼眸豁然开
朗。想要烹茶寻一休憩之处，天空如同雾海如此飘缈。

　　附：　　　　　　　和　作

　　　　　　　清水茂

夏日城南人不稠，山河犹是古罗州。
登师旧碣迎骚客，善老新铭送钓舟。
隐隐远雷频震耳，纷纷骤雨忽遮眸。
洁身恭跪桐原庙，想见避尘心自悠。

风雨归途又作

疾雨回风不肯回，滔滔急水满江隈①。
茗园七美犹辜负，驹影蹄声何日来。②

注释：

①江隈：江水曲折处。南朝齐·谢朓《奉和随王殿下》之四："睿心重离析，
　歧路清江隈。"
②"驹影"句：饶公自注："七茗园今废，惟万福寺前有《驹の蹄影碑》。"

浅解：

　　宇治归途雨势不减，饶公再赋新诗，因下雨而错过的七茗园、万福寺的
《驹の蹄影碑》等景观，让饶公倍感惋惜。

简译：

　　暴风骤雨依旧不肯消停，滔滔急水已经涨满曲流。似乎辜负七茗园的美
景，驹之蹄影碑何日能再来。

与清水茂①同游秋芳洞杂咏

鑱刻鸿蒙②作极奇，广庭空际结琉璃③。
急流竞下陈千皿④，谁信穷幽某在斯。

注释：

①清水茂：日本汉学家，1925年生。日本京都大学文学博士，任京都大学
　教授。
②鑱刻鸿蒙：盘古开天辟地前的混沌世界。指开天辟地的巧夺天工。
③琉璃：喻晶莹碧透之物。
④陈千皿：秋芳洞有景观百枚皿。

浅解：

　　秋芳洞是日本三大名洞之一。秋芳洞位于山口县西部美弥郡秋吉台国家
公园内，洞内多钟乳石、石笋，间有瀑布和深渊等。重点景观为百枚皿及黄
金柱等。此诗即作此阐述。

简译：

　　开天辟地之工令人称奇，开阔天地如结琉璃之色。急流竞相陈积千百枚
皿，谁信幽僻静之地在此处。

平地顿生百顷田，松茸苞柿故依然。
蓬莱①咫尺人能到，御殿②同登梅雨天。

注释：

①蓬莱：蓬莱仙境。
②御殿：宫殿。《后汉书·录帝纪》："熹平五年，冬十月壬午，御殿后槐树
　自拔倒竖。"

浅解：

　　饶公与清水茂教授梅雨天同登秋芳洞，洞中之景让其感叹——蓬莱仙境

人也能到达，就在我的眼前，侧面描写出了秋芳洞仙境般的奇景。

简译：

　　平地瞬间现出百顷之田，松茸芭柿如同原先一样。蓬莱仙境咫尺人能到达，与君同登御殿于梅雨天。

　　　　天教妙手切南瓜，削壁能开顷刻花^①。
　　　　最讶空泷^②波不起，无声万瀑更堪夸。

注释：

①顷刻花：喻飞雪。宋·苏轼《谢人见和雪后书北堂壁》诗之二："也知不
　　作坚牢玉，无奈能开顷刻花。"
②空泷：瀑布水。

浅解：

　　此处描写秋芳洞外雪景以及瀑布、深渊之景，空中泻下的瀑布水而水波
不兴，万瀑落下却无声息，令人赞叹。

简译：

　　上天妙手如同切南瓜般，削开崖壁能开顷刻雪花。最惊讶水泻而波澜不
起，无声万瀑更值得人夸赞。

　　　　须弥山^①外溜猿猱^②，蚁穴中含万古愁。
　　　　试向黄金台^③下憩，屹然砥柱在中流。

注释：

①须弥山：梵语 Sumeru 又译为苏迷嚧、苏迷卢山、弥楼山，意思是宝山、
　　妙高山，又名妙光山。古印度神话中位于世界中心的山，位于一小世界的
　　中央（一千个一小世界称为一小千世界，一千个小千世界称为一中千世
　　界，一千个中千世界为一大千世界，三千个大千世界指的是所有的世界），
　　后为佛教所采用。

②猿猱：泛指猿猴。《管子·形势》："坠岸三仞，人之所大难也，而猿猱饮焉。"

③黄金台：黄金台亦称招贤台，战国时期燕昭王筑，为燕昭王尊师郭隗之所。

浅解：

此诗借古典反映秋芳洞内外之景，山景如须弥，猿猴哀鸣，蚁穴密集，在此如黄金台般的殿堂之下休憩，领略中流砥柱的自然风光，别有滋味。

简译：

须弥山外猿猴聚集，蚁穴中含万古愁情。试在黄金台下休憩，屹然砥柱在那中流。

岩窟①王边②千叠敷③，谁从地狱悟真如④。
荒凉赛过河源路⑤，缤缅⑥何堪入画图。

注释：

①岩窟：即秋芳洞，原意为山洞。唐·白居易《岁暮言怀》诗："只合居岩窟，因何入府门？"

②王边：天王脚下。当时还是皇太子的昭和天皇曾经来此探险。

③千叠敷：因为看起来像是很多层叠（榻榻米）叠起来的而得名。千叠敷位于和歌山县南方的白滨海岸，这一带的地质多为新第三纪层的砂岩，质地松脆，加上太平洋的强劲海浪，所造就的独特海蚀景观。

④真如：真如即非真如，假名真如，真如无我，无我一切皆真如。

⑤河源路：通往河流源头的道路。典故名，典出《山海经·北山经》。亦作"河原"。河流的源头。古代特指黄河的源头。

⑥缤缅：岩名

浅解：

此诗写景，由景入情，反映秋芳洞附近荒凉无际无涯的朦胧景象，景色是苍凉的，但感情并不低沉、哀伤，富含佛理。

简译：

天王脚下秋芳洞千叠敷，谁人能从地狱悟得真如。荒凉超越河流源头之路，缤缅山岩何堪入我画图。

秋风海国久忘归，况拾遗芳①冷翠微。
黝洞深藏无量寿②，娱人不必是清晖③。

注释：

①遗芳：指寒冬季节百花凋谢后香花芳草遗留的芳香。《楚辞·远游》："谁
可与玩斯遗芳兮，晨乡风而舒情。"
②无量寿：极言高寿，长生不老。唐·张说《奉和同皇太子过慈恩寺》诗之
一："愿君无量寿，仙乐屡徘徊。"
③清晖：明净的光辉、光泽。南朝宋·谢灵运《石壁精舍还湖中作》诗：
"昏旦变气候，山水含清晖。"

浅解：

拾得秋芳洞如此"遗芳"，饶公驻足美景之下流连忘返，寻幽探胜，身
处黑洞中参悟出黝洞蕴含无量之寿。有时候令人愉悦的未必需要明亮的光
泽，比如此洞。故不只有清晖才能娱人，黑暗亦可悟道。

简译：

秋风吹身处海国而忘归，况且冷山之下寻得芳香。深邃黝洞深藏无量之
寿，令人愉悦未必是明亮的。

附：　　　　　　　　　和　作

清水茂

远访水源探穷奇，小溪沿路响玻璃。
丛林尽处望仙洞，福地谁移竟在斯。

罗汉无言种福田，观音抱子故嫣然。
蓬莱富士须弥岳，三教合成壶里天。

常叹浮世邵陵瓜，造化能开铁树花。
海月自来瀛里物，上泷神变岂虚夸。

五行山下石头猱，三藏不来无解愁。
谁想穿通脱龙窟，青天踏气渡沙流。

滴溜周墙路上敷，洞中无雨亦濡如。
百町田地千条伞，那用东坡笠屐图。

刘阮淹留不肯归，桃源日月运行微。
天梯千尺才攀出，山野荒凉满夕晖。

九州稿

太宰府三首

榎寺①凄凉一梦中，御儿香帐拂灵风。
江枫夜雨归魂处，合唱怨歌②泪点红。

注释：

①榎寺：即今安乐寺。饶公自注："菅原公配榎寺，有'落泪百千行，万事
　　皆如梦'句，哀怨动人。"
②怨歌：悲歌。南朝梁·简文帝《筝赋》："奏相思而不见，吟夜月而怨歌。"

浅解：

　　太宰府天满宫是位于日本福冈县太宰府市的神社，祭祀平安时代的学问
家菅原道真，同时也是菅原道真的墓地。菅原道真在日本誉为"学问之神"
与"书法之神"，日本醍醐天皇即位后道真受到重用，藤原氏联合中下层贵
族对付菅原道真。菅原后被诬告意图帮助齐世亲王篡夺皇位因而获罪，被贬
为大宰权帅，流放至九州太宰府。饶公以菅原道真口吻赋成此诗，表达一代
忠臣在政治斗争中的无奈与感伤。

简译：

　　凄凉榎寺生活如在梦中，春风吹拂着御驾与香帐。静夜雨打江枫魂归之
处，一同高唱悲歌泪眼蒙眬。

关心民瘼①动繁忧，逐客②伤春易白头。
来去刈萱③关上路，秋风吹叶尽离愁。

注释：

①民瘼：指人民的疾苦。《宋史·魏了翁传》："戢吏奸，询民瘼，举刺不避

权右，风采肃然"。

②逐客：指被贬谪而失意的人。唐·杜甫《梦李白》诗之一："江南瘴疠地，逐客无消息。"

③刈萱：刈，割；萱，草本植物。此指披荆斩棘。

浅解：

　　菅原道真是个忠臣，从政期间关心民生疾苦，他被贬为大宰权帅，让饶公感到怜惜。诗中用"逐客""伤春""白头""离愁"表现出贬谪之后生活的困顿和哀伤。

简译：

　　关心民生疾苦忧虑重重，贬谪之人伤春头发易白。往返关上之路披荆斩棘，秋风吹落树叶尽是离愁。

何处飞梅忘却春，东风吹得柳条新。

名园樟老今犹昔，賸①与追傩②继古人。

注释：

①賸："賸"是古字，表示增加、剩余。后造"剩"字逐步取代"賸"字。

②追傩：日本传统的驱鬼仪式。一边念着"鬼出去，福请进"的咒语，一边在屋内屋外，遍撒豆子，预示着新春来临之前驱赶一切魔鬼和灾难，迎来风调雨顺的新生活。

浅解：

　　此诗由事转而抒情，太宰府今非昔比，名园依旧，然物是人非，优良的传统并没有被很好地保留下来，令饶公惋惜。

简译：

　　何处梅花忘却春天来了，东风吹拂柳枝发出新条。名园樟树已老今日依旧，继承古人唯剩追傩仪式。

机上望九十九岛① 用朱子②白鹤诗韵

众岛星罗渺不群③，飞鸾夕照亦成文④。
飘然自有归栖处，漫逐⑤层霄一段云。

注释：

①九十九岛：散落在长崎县西部北松浦半岛西侧的岛屿被称为九十九岛，为日本最西端的国家海洋公园——西海国立公园的代表性景地。
②朱子：朱熹（1130—1200），字元晦，号晦庵。徽州婺源人，南宋理学家。
③不群：不平凡，高出于同辈。
④成文：鸟迹成文。世有《仓圣鸟迹书碑》。仓颉仰观天象，俯察万物，首创了"鸟迹书"，堪称人文始祖。
⑤漫逐：随意追逐。漫：随意。唐·杜甫《闻官军收河南河北》诗："漫卷诗书喜欲狂。"

浅解：

九十九岛散落在长崎县西部的北松浦半岛西侧，"九十九"意指繁多，非实际岛数，实际岛数有200多个。此诗写在飞机上俯瞰九十九岛，前半描绘出群岛变幻飘缈的特色，海岸、大海、天空的完美结合使得群岛展现绚烂的色彩，让人美不胜收。后半写感受，即乘着飞机随意追逐层霄的云彩，然而飘然的心自有归栖之处。

简译：

众岛星罗棋布卓尔不群，夕阳之下飞鸾亦成文字。飘然之态自有归栖之处，悠然追逐层霄一段浮云。

博多海畔　用杜甫兜率寺韵

临流思大德^①，高树望云门^②。
觅句随波得，检诗著袜翻^③。
坟窥地岳古，庙拜香椎^④尊。
白石青松路，还凭海作园。

注释：

①"临流"句：饶公自注："圆仁辈皆自此泛海。"

②云门：山门。借指寺庙。唐·杜甫《惠义寺送王少尹赴成都》诗："云门
　青寂寂，此别惜相从。"

③著袜翻：亦作"翻著袜"。比喻违背世俗之说而实别具真知灼见。宋·黄
　庭坚《书〈梵志翻著袜〉诗》："王梵志诗云：'梵志翻著袜，人皆道是错，
　乍可刺你眼，不可隐我脚。'一切众生颠倒，类皆如此，乃知梵志是大修
　行人也。昔茅容季伟，田家子尔，杀鸡饭其母，而以草具饭郭林宗。林宗
　起拜之，因劝使就学，遂为四海名士。此翻著袜法也。"

④香椎：香火。

浅解：

　　博多海域是日本出海的主要运道，此诗主咏海，阐述当年圆仁辈出海传
承寻求佛教奥义、泛海并以海为家的艰难险阻，表达对其辈理想信念的坚定
赞赏。

简译：

　　面临海流思忖大德，林木高耸眺望古寺。寻觅诗句随波可得，检诗有那
翻着袜法。古坟可窥山岳亘古，寺庙朝拜香椎独尊。白石青松坦途大道，还
以大海作为家园。

吊万叶作家大伴旅人二首

大野山头雾尚浓，芦城衰柳又秋风。^①
菖蒲池畔清吟地，年去岁来歌哭中。

注释：

① "大野"二句：饶公自注："筑紫作。"

浅解：

　　大伴旅人（665—731）是日本奈良时代初期的政治家、歌人。他与其手下的筑前国守山上忆良世称"双璧"，而在他周围形成的"筑紫歌坛"则是《万叶集》和歌求新求变的一面旗帜。"筑紫歌坛"对和歌发展的贡献进最主要的就是创造了序文—长歌—反歌连作的复合形式。最原始的和歌都是没有形成统一诗型的长歌，也就是"记纪歌谣"，它们都是没有标题的。但是在《万叶集》中，在长歌之后都伴有反歌也就是短歌，而这长歌与短歌的组合就具有了一个"歌题"也就是形成了一种"标题"。饶公借诗表达对大伴旅人以及"筑紫歌坛"的缅怀。

简译：

　　旷野山头雾气依旧迷蒙，秋风起芦城柳已经衰败。菖蒲池畔是为清吟之地，年去岁来歌唱起泪落下。

征战居然灭隼人^①，修文端不愧名臣。
炎方^②万里始良^③路，不见梅花^④作好春。

注释：

①"征战"句：隼人（はやと）是古代日本南九州地区的原住民，大和王权时期被和人当作异族人看待。饶公自注："鹿儿岛作。养老四年，旅人灭隼人族，今有墓在岛上。"

②炎方：泛指南方炎热地区。《艺文类聚》卷九一引三国·魏·钟会《孔雀

赋》："有炎方之伟鸟，感灵和而来仪。"

③姶良：姶良町是位于日本鹿儿岛县中部的一个城镇，属姶良郡；是鹿儿岛县中人口最多的町，也是九州人口第二多的町。由于紧邻鹿儿岛市，自20世纪起逐渐成为鹿儿岛市的通勤城市，于2010年3月23日与蒲生町、加治木町合并成姶良市。

④梅花：大伴旅人的《梅花歌序》及梅花歌三十二首是"筑紫歌坛"和歌形式创新的代表作。

浅解：

　　大伴旅人720年成为山背摄官，之后以征隼人持节大将军的身份镇压了隼人之乱。其在文坛的地位亦令人瞩目，不愧为一代名臣。饶公领略鹿儿岛风光，回首古城往事，遗憾的是如今没有大伴旅人的《梅花歌序》相伴。

简译：

　　旅人征战消灭隼人一族，建修诗文真不愧为名臣。跨越南方姶良炎热之地，不见梅花歌序好春相伴。

志贺岛

山如奔鸟树如潮，海上羁魂①不可招。
麋鹿②已随征战尽，江干庙祀有鱼樵③。

注释：

①羁魂：客死者的魂魄。《南史·垣护之传》："垣氏羁魂不返，而其孤藐
　幼。"
②麋鹿：饶公自注："志贺其义为鹿。"此指战争将志贺之地变得萧条。
③鱼樵：渔人和樵夫。元 杨载《春晚喜晴》诗："渐喜鱼樵狎，仍欣鸟
　雀驯。"

浅解：

　志贺岛，位于日本九州福冈市东区博多湾，是一个由海之中道联系的小
岛。这岛在历史上有重要性，这里是弘安之役忻都第一个登陆作战的地方，
但因不熟悉环境和被武士猛烈反击而无法前进。战争对志贺岛的破坏严重，
百姓也因战乱四散，逃难客死他方，令人痛惜。

简译：

　山如飞奔之鸟树如浪潮，海上客死之魂不可招回。麋鹿已随征战消亡殆
尽，江河枯竭庙祀尽是鱼樵。

隔岸还闻击楫声，登高凭此俯重瀛①。
若教万叶诗人②在，合咏松矶③道路平。

注释：

①重瀛：重重的海洋。泛指海外各地。《清史稿·食货志一》："及同治、光
　绪间，交通日广，我国之民耕种贸迁，遍于重瀛。"
②万叶诗人：《万叶集》是日本最早的诗歌总集，相当于中国的《诗经》。一

般认为《万叶集》经多年、多人编选传承，约在 8 世纪后半叶由大伴家持（公元 717—785）完成。其后又经数人校正审定才成今传版本。

③松矶：松树和礁石。

浅解：

此诗由古入今，转而写景，饶公感叹如画海景，万叶诗人如果在世，必将吟咏称赞。

简译：

河流对岸听得击桨之声，在此登高俯瞰海外之域。如果万叶诗人依旧在世，一同吟咏松矶坦途之道。

蒙古冢

劳师夸十万，遗骨海山隈。
野日荒荒白^①，松风谡谡^②哀。
德王^③手植在，蜀客^④首重来，
应记樊南^⑤语，穷兵^⑥是祸胎。

注释：

① "野日"句：黯淡迷茫貌。唐·杜甫《漫成》诗之一："野日荒荒白，春流
泯泯清。"

② 谡谡：形容挺劲有力；挺拔。见苏轼《石氏画苑记》："在稠人中，耳目谡
谡然，专求其所好。"

③ 德王（1902—1966）：即德穆楚克栋鲁普亲王，字希贤。内蒙古的王公，
主张内蒙古独立。1937年"七七事变"后投靠日本人，出任伪蒙疆傀儡
政权首脑。

④ 蜀客：指旅居在外的蜀人。此指奔赴战场的元人。唐·刘禹锡《竹枝词》
之四："日出三竿春雾消，江头蜀客驻兰桡。"

⑤ 樊南：唐代诗人李商隐的别称。李商隐有《樊南文集》，故常以樊南称之。

⑥ 穷兵：滥用武力。唐·李商隐《汉南书事》："几时拓土成王道，从古穷兵
是祸胎。"

浅解：

　　九州岛西端的博多湾志贺岛的蒙古冢，位于玄海国定公园。元朝忽必烈
两次攻打日本，派兵十几万，遭遇台风，绝大部分船只被摧毁，也就是日本
史书所说的"弘安之战"。元军袭日失败后，日本民间开始广泛流传着这样的
传奇故事："神风"在元朝时期曾两度施威摧毁蒙古入侵者的船舰，将日本从
危难之中解救出来。元军两次攻击日本的努力都遭到了飓风的袭击——日本
人原意这么说，从而创造了"神风"的概念。此后数百年中，日本人一直对
"神风"顶礼膜拜，兴起了大规模拜神的活动。此诗反对战争，对兴师动众发
动战争的行为表示强烈谴责，对战争带来的民不聊生表示痛惜。

简译：

　　兴师动众遣兵十万，遗留尺骨海岛山隈。旷野日头黯淡苍白，松林之风鼓吹哀伤。德王手植之树尚在，征战之人如果重来，应该铭记樊南之语，滥用武力本是祸胎。

玖磨川　用东坡放鱼韵

谁凿灵渠向大块^①，扶摇直是抟风背^②。

绾地^③如嵌青玉簪，经天似绕黄河带。

车奔夸父欲逐日^④，浪细鱼儿真可脍^⑤。

乍动离魂混南北，岂同易水论琐碎。^⑥

不是当年讨熊袭，那许如今钓蛟濑。

生世畴容^⑦逃尘网，儿辈能来超象外。

徒将句作水龙吟，更喜秋与风涛会。

畅游坡老扣两舷^⑧，道术相忘^⑨渺江海。

注释：

① "谁凿"句：大块意思是大自然；大地；世界。饶公自注：玖磨川"此川为日本三大川之一，与冈村繁、林慎之助教授同游。玖磨峡旧是野人熊袭盘踞之地。"

② 抟风背：典故名，典出《庄子·内篇·逍遥游》："抟扶摇而上者九万里。"扶摇，旋风。后因称乘风捷上为"抟风"。

③ 绾地：拔地而起。

④ "车奔"句：《山海经·海外北经》："夸父与日逐走，入日；渴，欲得饮，饮于河、渭；河、渭不足，北饮大泽。未至，道渴而死。弃其杖，化为邓林。"

⑤ 鱼儿真可脍：鱼脍，现称生鱼片，又称鱼生，古称脍或鲙，是以新鲜的鱼、贝类生切成片，蘸调味料食用的食物总称。起源于中国，后传至日本、朝鲜半岛等地。

⑥ 琐碎：饶公自注："齐己诗'翻思易水上，细碎动离魂。'"

⑦ 畴容：耗尽精力容貌。

⑧ "畅游"句：宋·苏轼《前赤壁赋》："于是饮酒乐甚，扣舷而歌之。"

⑨ 道术相忘：出自《庄子·内篇·大宗师》："鱼相忘乎江湖，人相忘乎道术。"有了一些本事就会忘乎所以。道术在这里指的不是原来意义上的神

道之术，而是泛指一般的手艺。

浅解：

此诗作于 2004 年，记录当年与冈村繁同游日本三大川之一的玖磨川印象，这里曾经是"野人熊袭盘踞之地"。此诗由景触发而产生的想象，但想象的依据则是诗人平时对自然景物的深刻体会。

简译：

是谁开凿灵渠于天地间，真的是抟扶摇乘风直上。拔地而起如镶嵌青玉簪，经天地似环绕黄河襟带。车马奔腾如同夸父逐日，浪花细腻鱼儿真可生吃。咋动离魂远游混迹南北，岂敢同易水论细碎之思。不是当年讨伐野人熊袭，那许如今在此钓水中蛟龙。生世耗尽身心逃离尘网，儿孙之辈而能超然象外。徒将诗句当作为水龙吟，更欣喜秋天与风涛相会。畅游如同坡老扣舷而歌，忘乎所以一举横绝江海。

樱岛火山

　　将离大隅之顷，岛忽喷火，层烟浓雾，团团如叠盖，惟原子爆可比拟焉，叹为奇观，因赋。

岂比陆浑火[1]，真同原子云。
中流淹地轴，元气[2]逼天门。
岛尽东南坼[3]，波徒日夜奔。
朝晖旋作霭，屹立镇乾坤[4]。

注释：

①陆浑火：陆浑山火，唐·韩愈有《陆浑山火，和皇甫湜用其韵》诗描写陆浑山失火的情景。
②元气：指天地未分前的混沌之气。
③东南坼：东南分裂。唐·杜甫《登岳阳楼》："吴楚东南坼，乾坤日夜浮。"
④乾坤：天地。

浅解：

　　此诗描写樱岛火山爆发之景，场面震撼如同原子弹爆炸，惊天动地之势令饶公惊叹。

简译：

　　岂是陆浑山火可比，真同原子爆炸之云。火山之流淹没地轴，混沌之气直逼天门。岛屿已被火山分割，岩浆日夜奔腾不停。晨光已被烟霭遮蔽，火山屹立震慑天地。

小城车中作四首，拟寒山子，寄入矢义高^①

天山不顶天，小城何曾小。
涧水滔滔来，浓雾迷清晓^②。

注释：

①入矢义高（1910－1976）：日本鹿儿岛市人，中国思想史学者，被誉为禅
　宗文献的权威。

②清晓：天刚亮时。唐·孟浩然《登鹿门山怀古》诗："清晓因兴来，乘流
　越江岘。"

浅解：

　　此诗描绘小城山景，在饶公眼里，小城不小，雾霭沉沉，水天一色，自
然恬静更让人眷恋。

简译：

　　天山再高不及天顶，小城何曾显得小巧。山谷流水滔滔而来，天色渐亮
浓雾迷蒙。

冒雨入曲渊，濛濛三数里。
高岭多威仪，周道^①直如矢。

注释：

①周道：大路。

浅解：

　　此诗写景，描写雨中小城，流水曲折，山岭高耸，大道平直，呈现安逸
祥和之境。

简译：

　　冒着大雨进入曲渊，迷蒙充斥数里之地。高耸山岭多么威仪，大道平直
如同弓矢。

口吟寒山诗①，至味犹在口。
尚欲参诗禅，诗心②如中酒。

注释：

①寒山诗：唐代僧人、诗人号寒山子所做的诗。
②诗心：作诗之心；诗人之心。宋·王令《庭草》诗："独有诗心在，时时
　一自哦。"

浅解：

　　此诗为论诗之作，寒山诗长期流传于禅宗丛林，宋以后受到诗人文士的
喜爱和摹拟，此诗简洁道出诗歌禅境如同美酒一般令人回味。

简译：

　　口中吟诵寒山诗歌，美好滋味口中犹存。想要参透诗中禅境，诗心如同
杯中之酒。

多久市上来①，停车无多久。
雨余②草青青，喜见陌头柳③。

注释：

①"多久"句：指奔车良久街市终于呈现眼前。
②雨余：雨的尾声。
③陌头柳：陌头即田间，田间柳树。

浅解：

　　此诗描写舟车劳顿之后街市终于呈现的喜悦，雨势渐小，停车赏略，草
色青青，柳树垂于旷野，令人欣喜。

简译：

　　多久街市呈现眼前，停靠车辆没有多久。雨势渐小草色青青，欣喜见得
田间柳树。

冒雨访楠本旧居

流水潺潺绕敝庐，苍松翠竹立修途①。
凤鸣②正学开天地，针尾明伦③正步趋。
自是山端兼水硕④，由来理一必分殊⑤。
庭前手植梅千树，不读人间非圣书。⑥

注释：

①修途：长途。晋·张华《情诗》诗之四："悬邈极修途，山川阻且深。"

②凤鸣：指以凤凰打鸣、吟唱，比喻优美的乐声。见汉·刘向《列仙传·萧史》："萧史者，秦穆公时人也。善吹箫……日教弄玉作凤鸣。居数年，吹似凤声。"

③针尾明伦：针尾，凤凰似针之尾；明伦，铭扬人伦之理。

④山端兼水硕：即楠本端山、楠本硕水两兄弟。饶公自注："指昆仲。"

⑤理一必分殊："理一分殊"是中国宋明理学里讲"一理"与"万物"关系的重要命题，源于道家。

⑥"不读"句：饶公自注："室悬诗句云'肯读人间非圣书'。"

浅解：

日本幕末维新楠本端山（1828—1883）、硕水（1833—1916）兄弟为当时朱子学者的佼佼者，无论端山还是硕水，他们均不入时流，坚持自己的理想，对权力、财富、名声等一概嗤之以鼻，表现出温和的批判精神。从他们两人身上可以看到活跃于变革期的知识分子的某种典型。饶公冒雨访问故居，缅怀两兄弟，对他们明伦理、重名分的学术建树表达了自己的崇敬之情，诗尾一反室悬诗句而云"不读人间非圣书"，表明楠本之辈以及自己不与世俗同流的脱俗之姿，独立的人格精神。

简译：

流水潺潺围绕简陋旧居，参松翠竹立于长长道途。凤凰打鸣尝试开天辟地，似针之尾明伦步步紧跟。自是山端兼水硕两兄弟，向来每个事物各自有理。庭前亲手种植梅花千树，不读人间非圣贤之书。

长崎骤雨，满地横流，自茂木至富冈，舟已断航。
及过玉名，以车涉水。戏作示三富刘君

连江寒雨入肥前^①，海角汪洋水拍天。
几度纡回始及岸，乱流还把车为船。

注释：

①肥前：日本古代的令制国之一，属西海道，俗称肥州。肥前国的领域大约
包含现在的佐贺县及扣除壹岐岛和对马岛后的长崎县。

浅解：

骤雨来临，长崎积水，饶公以车涉水，戏作此诗。诗歌用夸张手法细写
雨势及汽车涉水之事，趣味十足。

简译：

寒雨接连江流落入长崎，海角汪洋水势直上天际。纡回几次方始抵达海
岸，乱流还把汽车当作轮船。

八代①

蜃楼不可见，宿雨尚连绵。
海上不知火②，人间奈久泉③。
近场通鹤木④，远霭接云仙。
漫负登临兴，狂歌舟出前。⑤

注释：

①八代：日本九州中西部城市。在球磨川三角洲，八代海沿岸。

②不知火：是日本九州地区传说中的一种怪火，也是古代日本民间传说中的一种妖怪。在旧历七月晦日风弱的时候或新月之夜等时间，在八代海和有明海一带出现的自然现象。

③奈久泉：日奈久温泉启用约于600年前。在江户时代（17—19世纪）被指定为熊本藩主细川家的藩营温泉，八代城主，前往江户参勤的岛津侯等也喜欢在此休息，是具有历史渊源的温泉。温泉街至今仍残留着保存当时历史风貌的建筑物。

④鹤木：即"木鹤"，木制的鹤。《旧唐书·张行成传》附《张昌宗传》："时谏佞者奏云，昌宗是王子晋后身。乃令被羽衣，吹箫，乘木鹤，奏乐于庭，如子晋乘空。"

⑤"狂歌"句：饶公自注："俗有'舟出浮'之目。"

浅解：

　　八代有八代宫、神社等古迹，日奈久温泉（碳酸泉，36～38℃）等名胜地，工业发展迅速，为熊本县首位工业城市。工业以电子、水泥、造纸、化学纤维和酿酒为主。港口可停万吨级轮船。海陆交通要冲。此诗纪游，主要阐述八代的风俗文化、自然风光。

简译：

　　海市蜃楼不可见得，经夜雨水连绵依旧。海上出现不明怪火，人间尚存奈久温泉。近场木鹤可以直通，远霭接连云天仙境。心中满载登临之兴，狂歌舟船浮动于岸。

加多藤绝顶俯瞰虾野高原①

三十六桥屈曲间，鸟飞易到却难还。
一车不惮②截流去，千里东来为此山。

注释：

①虾野高原：是雾岛屋久国立公园，也是雾岛登山基地之一。高原北部分布
　着不动池，六观音御池，白紫池等火山口湖。
②不惮：出自明·赵震元《为李公师祭袁石寓宪副》，意为"不害怕"。

浅解：

　　饶公不惧水流湍急而奔车直上加多藤山顶俯瞰虾野平原，慕名而来，尽
兴而归。

简译：

　　三十六桥蜿蜒屈曲其间，飞鸟容易到达却难归还。奔车不怕乱流堵截而
去，千里向东而来只为此山。

雾岛道中，冈村喜其景幽艳，云不愿归去。因赋

入峡幽林可避秦①，澹烟如梦了无尘。
温泉日浴两三遍，但愿长为雾岛人。

注释：

①避秦：出自晋·陶潜《桃花源记》："自云先世避秦时乱，率妻子邑人，来此绝境，不复出焉。"后以"避秦"指避世隐居。

浅解：

雾岛温泉闻名，幽林澹烟让人恍入世外桃源，如此美景让人不愿离开。

简译：

入峡幽静山林可以避世，淡雾如同梦境不着凡尘。每日沐浴温泉两三遍，但愿长住于此成雾岛人。

韩岳温泉

兹山竟韩姓，退之^①岂尝临。
看云忘作客，观池不动心。^②
欲语葛仙翁^③，丹砂不用寻。
硫汞已满地，龙虎在高岑。
仙人不可见，来往成古今。

注释：

①退之：即唐·韩愈。
②"观池"句：饶公自注："山麓为不动池。"
③葛仙翁：葛洪（284—364），字稚川，自号抱朴子，汉族，晋丹阳郡句容（今江苏句容县）人。为东晋道教学者、著名炼丹家、医药学家。

浅解：

　　韩岳温泉名胜之地宛如仙境，硫汞布满山麓，温泉遍野，饶公以"丹砂不用寻"表达出对此地景色的欣赏和内心的感受，诗中亦表达对人世更替、往来古今、时光飞逝之叹。

简译：

　　这里的山竟然姓韩，韩愈可曾来此登临。看云忘却身是客人，观不动池生不动心。想要对话葛洪仙翁，灵丹妙药不用苦寻。硫汞已经布满此地，神龙虎兽在高山上。仙人并不曾看见过，人来人往已是古今。

自阿苏山①越草千里，至九重山麓②，宿濑之本高原③旅舍

山火遥连白云乡，峰分五岳列屏④疆。
中岳巍然居中央，四岳环拱⑤辰宿⑥张。
外轮山势更崛强，其中盆地忽开扬。
如扶云汉分天章⑦，已讶厚坤⑧入括囊，
又似牧马争服箱⑨。山形变化吁难量。
山巅青草千里长，远与天际共苍苍。
草原一望何茫茫，草低无梦驱群羊，
云飞如絮满衣裳。我已乘风在帝旁，
燮理⑩昏晓割阴阳⑪。谁擎白日昭回光，
倒却咸池⑫于扶桑⑬。鸟飞随云争翱翔，
安得与之两相忘。大九州⑭外更何方，
待呼邹衍⑮叩端详。人力胜天语非诳，
便能此处凿洪荒⑯。

注释：

①阿苏山：日本著名活火山。位于九州岛熊本县东北部，是熊本的象征，以
　具有大型破火山口的复式火山闻名于世。

②九重山麓：阿苏九重国立公园，位于熊本县和大分县之间。有由活火山和
　死火山构成的九重山和世界上最大的火山口，火山口中常常浓烟滚滚。九
　重山麓是丰饶的牧场。

③濑之本高原：南望阿苏五岳，北望九重连山，景色雄伟，被评为熊本绿色
　百景第一名。

④列屏：如同列屏般齐整。

⑤环拱：环绕。唐·杨炯《浑天赋》："天有北辰，众星环拱。"

⑥辰宿：星宿，星座。《晋书·天文志上》："苟辰宿不丽于天，天为无用，
　便可言无，何必复云有之而不动乎？"

⑦天章：天道运行之章程（规则）。亦指日月星辰分布景象。

⑧厚坤：指大地。唐·杜甫《木皮岭》诗："仰干塞大明，俯入裂厚坤。"

⑨服箱：负载车箱。犹驾车。《诗·小雅·大东》："睆彼牵牛，不以服箱。"

⑩燮理：意思是协和治理。出自《书·周官》。

⑪昏晓割阴阳：天色的一昏一晓判割于山的阴、阳面。出自杜甫《望岳》。

⑫咸池：古代汉族神话中日浴之处。古人认为西方王母娘娘拥有很多年轻貌美的侍女，而咸池是专供仙女洗澡的地方。

⑬扶桑：神话中的树名。《山海经·海外东经》："汤谷上有扶桑，十日所浴，在黑齿北。"

⑭大九州：战国时代齐人邹衍主张的一种地理学说。他认为《禹贡》中所说的九州只是整个地球的一部分，在中国赤县神州这个小九州以外，还有另外八个和九州相同的州，而地球也只是宇宙的一部分，以此类推，这就是大九州地理说。

⑮邹衍：战国末期齐国人，道家代表人物、阴阳家创人。主要学说是五行学说"五德终始说"和"大九州说"。

⑯洪荒：指混沌蒙昧的状态，特指远古时代，洪荒世界；大荒。东晋·谢灵运《三月三日侍宴西池》诗："详观记牒，洪荒莫传。"

浅解：

饶公从阿苏山跨越千里到九重山麓，住濑之本高原旅舍。途中领略熊本活火山奇景，并以"五岳"比拟，谓当地之景恢弘壮阔，如同"登泰山而小天下"，引发大九州之外山亦美之思。诗歌气象恢弘，姿态横生，跌宕起伏，令人振奋。

简译：

山火缥缈远接连白云之乡，山峰分出五岳列屏于疆。中岳高大雄伟居于中央，四岳于边环绕众星闪烁。外围山体之势更加崛强，中间盆地凭空拔地而出。如扶托起云汉罗列星辰，囊括大地足以让我惊讶，又似牧马争相负载车箱，山形变化吁叹难以估量。山顶上青草足有千里长，远接天际共显无边无际。草原一望何其开阔深远，草低没有梦境驱赶群羊，云飞如同棉絮布满衣裳。我已乘风在那帝旁峰肩，阴阳协和割分白天黑夜。是谁托举白日照耀大地，放倒咸池而浴扶桑之树。鸟飞随同云朵竞相翱翔，如何能得与之两相忘却。大九州以外是什么地方，等待呼唤邹衍来此端详。人力能够胜天并非诞语，便能此处开凿洪荒世界。

与冈村繁同访广濑淡窗①旧居，观其遗著

咸宜②遗学待宣扬，踯躅③文翁④旧讲堂。
万卷诗书宜子弟，敬天⑤一脉接昭阳⑥。

注释：

①广濑淡窗（1782—1856）：丰后日田人，折中学派儒者，诗人、教育者。
　著有《约言》《迁言》《谈窗诗话》。
②咸宜：广濑淡窗创立的咸宜园是"日本近世最大规模的汉学私塾""近代
　学校的先驱"。
③踯躅：以足击地，顿足。指广濑淡窗学问做得好。《荀子·礼论》："今夫
　大鸟兽，则失亡其群匹，越月逾时，则必反铅；过故乡，则必徘徊焉，鸣
　号焉，踯躅焉，踟蹰焉，然后能去之也。"
④文翁：即广濑淡窗。
⑤敬天：广濑淡窗指出"六经的要旨可用一句话来概括，即敬天"，所谓
　"敬天"，即尊奉天命。
⑥一脉接昭阳：龟井昭阳。饶公自注："得龟井师承。"

浅解：

　　饶公访广濑淡窗旧居，观其遗著，诗歌评价其人其学其师承，表达饶公
对广濑淡窗的敬仰及缅怀。

简译：

　　唐代遗学有待我辈宣扬，顿足文翁旧时讲学之地。万卷诗书适合弟子拜
读，敬天一脉师承龟井昭阳。

柴扉早起及霜晨，君汲川流我拾薪①。
绝业②一生功过簿③，秋风巷陌想高人。

注释：

①"柴扉"两句：出自广濑淡窗《桂林庄杂诗》。饶公自注："用其名句。"

②绝业：有非凡成就的事业或学业。清·龚自珍《己亥杂诗》诗之二七五："绝业名山幸早成，更何方法遣今生？"

③功过簿：饶公自注："指其《万善簿》。"

浅解：

此诗进而阐述广濑淡窗的学术功绩，表达饶公对其在中国文化传承和对汉诗的贡献上的褒扬之情。

简译：

开启柴门早起霜露未散，君打水而来我来拾柴。一生成就非凡功过万善簿，秋风吹拂巷陌缅怀高人。

北海道稿

定山溪①

神僧②能辟此灵溪，真见眼高手不低。
闲对盘涡③清见底，西风门巷草萋萋④。

注释：

① 定山溪：位于札幌市西南部、丰平川上流溪谷沿线的定山溪温泉被称为札幌的"内厅"，是一处四面环山的温泉疗养地。

② 神僧：此温泉为一名叫定山的僧侣发现并投入全部精力进行开发的，故取名为定山溪温泉。

③ 盘涡：水旋流形成的深涡。

④ "西风"句：出自南宋·姜夔《送范仲讷往合肥三首》诗之二："君若到时秋已半，西风门巷柳萧萧。"

浅解：

定山溪温泉闻名于世，饶公感叹发现温泉的僧人眼光高，这般清澈见底的温泉，门巷疏疏芳草像是在迎接着来客，在那簌簌西风中来回地招手摇曳。

简译：

神僧在此开辟如此灵溪，真是眼光极高手也不低。闲来俯对漩涡清澈见底，西风吹拂门巷芳草萋萋。

黑岳

黑岳巍然北海尊，峰峰新拓一乾坤。
河山带砺^①今犹古，碧水灵峦天下闻。^②

注释：

① 带砺：衣带和砥石。《史记·高祖功臣侯者年表》："封爵之誓曰：'使黄河
如带，泰山若砺。国以永宁，爰及苗裔。'"
② "碧水"句：饶公自注："层云峡原名灵山碧水峡。"

浅解：

黑岳位于北海道，一年四季山景变化无穷，其大雪覆山奇观为人称道。
饶公游览黑岳，叹其河如衣带，山如砺石，山灵水碧，高古而久远。

简译：

黑岳巍然可称北海道之尊，峰峰开拓一片新的天地。山河如砺石衣带今
似昔，灵山碧水已是天下闻名。

小函锦系泷

劈斧披麻^①此一奇，堆红叠绿满岩碕。
飞泷雾下悬千尺^②，想见人天合一时。

注释：

① 劈斧披麻：山水画皴法"斧劈皴"和"披麻皴"。"斧劈皴"即唐李思训所创之勾斫方法，笔线道劲，运笔多顿挫曲折，有如刀砍斧劈，故称为"斧劈皴"，这种皴法宜于表现质地坚硬、棱角分明的岩石。"披麻皴"由五代董源创始，如元·汤垕《画鉴》所述：董源"山水有二种：一种水墨矾头，疏林野树，平远幽深，山石作麻皮皴。"其状如麻披散而错落交搭，故曰"披麻皴"。

② "飞泷"句：饶公自注："此泷与天人峡、羽民泷齐名。"

浅解：

小函锦系泷，日本层云峡之景，以多奇岩怪石著称。10月的红叶季节里，绝壁的岩石与红叶相辉映，瀑布飞下千尺，美妙绝伦。

简译：

劈斧披麻之势令人称奇，红绿枝叶辉映山岩弯碕。雾气之中飞流悬下千尺，如同观见人天合一之时。

大函①

远来山背②曝秋阳，静听滩声十里长。
峡里风云多变化，此乡不住住何乡。

注释：

①大函：日本层云峡大函绝壁，耸立着宽阔的岸壁，犹如一座屏风。
②山背：山后。宋·范成大《桂海虞衡志·志岩洞》："叠彩岩在八桂堂后，
   支径登山，太半有洞，曲转穿出山背。"

浅解：

　　大函绝壁是北海道著名峡谷，秋天更为山色增添奇观，红叶满布，长流
激石，秋阳普照，难怪饶公发出感叹：此乡不住住何乡。

简译：

　　远道而来秋阳照耀山脊，静听十里长流水激滩石。峡谷之中风云变幻多
端，此乡不住还有何乡可住。

地狱谷①

层云最喜见晴云，急涧潺湲②处处闻。
迎面偏为地狱谷，浓烟分暝作黄昏。

注释：

①地狱谷：日本北海道登别市的一个火山口遗迹，邻近洞爷湖，大约在一万
年前形成，有直径大约450米的地方依然在喷白烟，而且寸草不生，又有
强烈硫黄味，登别地狱谷因其就像在地狱之中，故此得名。

②潺湲：流动样子。《楚辞·九歌·湘夫人》："荒忽兮远望，观流水兮潺
湲。"

浅解：

地狱谷因火山喷发而形成了独特的雾霭奇观，令人恍若处于地狱之中，
此诗即展现其鲜明特色。

简译：

层层云雾最喜见晴空，急涧缓流到处可以听闻。迎面而来即为地狱峡
谷，浓烟将暝色分给了黄昏。

出层云峡①

山如焦尾②水犹温，涵盖尽知气象尊。
回顾银河神削壁③，一车如梦出夔门④。

注释：

①层云峡：位于日本北海道屋脊大雪山山麓，这座大峡谷中布满高达100
米左右的悬崖峭壁，这是凝灰岩受侵蚀后形成的地形。层云峡是大雪山国
立公园的中心景点。

②焦尾：中国古代有"四大名琴"之说，齐桓公的"号钟"，楚庄王的"绕
梁"，司马相如的"绿绮"和蔡邕的"焦尾"。此以焦尾谓山状。

③削壁：陡峭的山崖。宋·曾原一《金精山记》："削壁垩色，石纹墨缕拂布
石面者，披发峰也。"

④夔门：又名瞿塘关，瞿塘峡之西门。此处比层云为夔门。

浅解：

　　层云峡的山有如琴座，峡谷中有许多瀑布，瀑布从百米之悬崖峭壁上直
挂下来，气势非凡。而分布于大雪山山脉的层云峡温泉，是北海道中部数一
数二的温泉地。峡谷中被认为最美的地方是大函和小函。各具特色，真可谓
"气象尊"。车从层云奔驰而出，饶公感觉如梦出中国三峡之夔门。

简译：

　　山峰如琴座水依旧温暖，包罗万象而知气象最佳。回首银河削壁如有神
助，奔车如梦似幻从夔门出。

美幌町①

萧条飞雨浥车尘，千里逢迎草树新②。
闻说前朝开拓事，此州才住百毛人。

明治时此间居民仅有蝦夷百人。

注释：

①美幌町：位于网走市和北见市的中间，地形以平原为主，有网走川与美幌
　川流经平原，南部有美幌峰与钏路支厅相接山巅。町名源自于阿伊努语的
　"piporo"，意思为水多又大的地方。
②"萧条"句：出自唐代诗人王维《送元二使安西》诗："渭城朝雨浥轻尘，
　客舍青青柳色新。"

浅解：

　　饶公途径美幌町，回顾美幌历史，感受新城气息。

简译：

　　萧条飞雨清洗奔车灰尘，千里竞相迎合草树清新。闻说前朝之人开拓之
事，此州本来仅住虾夷百人。

网走胡客舍

曾是囚人地，深萦旅客情。
重湖①环雾渺，远水接秋晴。
长路通斜里②，昔游忆洞庭。
滨茄③红共赏，门外看潮生。

注释：

①重湖：洞庭湖别称，此处代指北海道湖景。

②斜里：斜里郡为日本北海道鄂霍次克综合振兴局的郡，位于鄂霍次克综合
振兴局东部。

③滨茄：北海道列车。

浅解：

网走胡客舍，饶公追忆洞庭情，诗中将沿途景色一笔带过，并同洞庭之
景作比较，简明却鲜明，当地的景物特色一目了然：浓雾、滨茄列车、红
叶、海潮，给读者留下无穷的想象，意境深邃。

简译：

曾经是囚犯人之地，深深牵动旅客之情。雾气环绕重湖飘渺，远流之水
接连秋晴。长路漫漫通望斜里，追忆昔日洞庭之游。滨茄车中共赏红叶，门
外眺望共看潮涨。

能取湖边草，秋晚尽变绛色，如染湘妃之泪，因赋

谁种珊瑚草，翻成玛瑙池。
秋来红似火，夏至碧无涯。
梦绕洛妃①远，泪随湘女滋。
沧州②宜放马，一一好题诗。

注释：

①洛妃：传说中的洛水女神宓妃。南朝梁·刘令娴《答外诗》诗之二："夜
月方神女，朝霞喻洛妃 。"

②沧州：因濒临渤海而得名。始建于北魏孝明帝熙平二年（517），割瀛、冀
二州之地建沧州，盖取沧海之意。

浅解：

　　能取湖位于网走市的网走国家公园。1973 年以后，该湖完全变为了海
水湖。湖畔有一片珊瑚草的群生地，一到秋天便会染上一层红装，艳丽多
姿。如同湘妃之泪般晶莹剔透，让人恍如仙境，开阔之景让饶公心胸豁达，
称谓此地美景皆可入诗作画。

简译：

　　是谁种下珊瑚红草，湖池翻成玛瑙之色。秋天之季红似火团，夏天来临
碧绿无边。梦幻如同洛水宓妃，滋润似染湘妃之泪。开阔若沧州能奔马，美
丽景象皆可入诗。

能取岬在穷海尽处，灯塔下远眺，重雾不散，莫辨远近

冒寒来此看浮沤^①，漠漠长空一海鸥。
决眦^②能临飞鸟背，扫氛^③须仗大刀头^④。
山围地角终难尽，水到天涯更自由。
便欲登临望乡国，白云隔岸是神州。

注释：

①浮沤：水面上的泡沫。此指能取岬边的海域。因其易生易灭，常比喻变化
无常的世事和短暂的生命。

②决眦：张目极视。唐·杜甫《望岳》诗："荡胸生层云，决眦入归鸟。"

③扫氛：赶走灾祸或叛贼。

④大刀头：典故名，典出《汉书·李广苏建传》附载《李陵传》。汉武帝时
李陵败降匈奴，昭帝即位遣李陵故人任立政等三人至匈奴招李陵。单于
置酒赐汉使者，"立政等见陵，未得私语，即目视陵，而数数自循其刀
环，握其足，阴谕之，言可还归汉也"。刀环在刀之头，后即以"大刀头"
作为"还"字的隐语。

浅解：

　　能取岬是突向鄂霍次克海的一段悬崖，是鄂霍次克海观光不可错过的重
要景点。从海角尖端的断崖向下，可俯瞰清澄的海洋，冬天更是观赏流冰的
绝佳之地。饶公登临能取岬，其无与伦比的广阔视野，引起他的乡国之思。

简译：

　　冒着寒冷来此观临海峡，寂空无边海鸥独自飞翔。登高张目极视能望鸟
背，赶走灾祸还须依仗大刀。山之围地之角终难有尽，流水直至天涯更加自
由。想要登临绝顶眺望乡国，白云海岸对面即是神州。

流冰

报道今秋特早寒，流澌^①千里急如滩。
寻常谊暑^②休沐^③地，白浪如山不可攀。

注释：

①流澌：江河解冻时流动的冰块。《楚辞·九歌·河伯》："与女游兮河之渚，流澌纷兮将来下。"
②谊暑：犹避暑。《新唐书·张说传》："后谊暑三阳宫，沆秋未还。"
③休沐：休息洗沐，犹休假。《汉书·霍光传》："光时休沐出，桀辄入，代光决事。"

浅解：

日本北海道著名景点知床，有"流冰漫步"的体验项目，在鄂霍次克海的冰面上，或漫步于连接海岸的流冰之上，或乘坐在大冰块上，或浸泡在流冰缝隙之间的海水中，其乐无穷。饶公此诗赞叹巧用修辞手法，以"急如滩""白浪如山"反映其地冰山覆盖，流冰之趣所带来的视觉和感觉上冲击。

简译：

报道今秋较早步入冬季，千里流动之冰湍急如滩。寻常避暑休假美好胜地，雪白浪花如山不可攀登。

网走古塚

土屋还如蒙古包，六十年久没蓬蒿^①。
一朝发塚^②人争赏，古事半坡可比高。

注释：

①蓬蒿：蓬草和蒿草。亦泛指草丛；草莽。《礼记·月令》："〔孟春之月〕藜莠蓬蒿并兴。"

②发塚：即发冢。发掘坟墓。《庄子·杂篇·外物》："儒以《诗》《礼》发冢"。

浅解：

历来古墓挖掘开放总会带动旅游业，引得旅客争相来访赏略，即可让人们了解古代丧葬风俗，亦可追忆历史，缅怀先人。

简译：

土塚还是如同蒙古包般，六十年后草莽覆盖其上。一朝挖掘众人争相来访，半坡古塚可与古事比高。

虾夷①蟒袍，仿自满洲，陈列资料馆内

虾酋爱著蟒龙袍，望古此邦增郁陶②。
肃慎③当年贡楛矢④，女真⑤声教越洪涛。

注释：

①虾夷：即北海道的古称。

②郁陶：忧思积聚貌。《书·五子之歌》："郁陶乎予心，颜厚有忸怩。"

③肃慎：肃慎是中国古代东北民族，是现代满族的祖先。

④楛矢：用楛木做杆的箭。《国语·鲁语下》："于是肃慎氏贡楛矢、石砮，
其长尺有咫。"

⑤女真：满族的前身是女真族。

浅解：

　　北海道蟒袍仿习满人，此诗即阐述其渊源，亦表达对中华文化远播到五
洲四海感到自豪。

简译：

　　虾夷酋长爱穿蟒龙衣袍，缅怀此地古事增加忧郁。肃慎当年使用楛木做
箭，女贞声名越过大海洪涛。

自原生花园海岸，遥望雾中知床半岛^①

知床遥睇海连空，断壁千寻^②宿雾濛。
不及望乡台上望，思从海客^③五湖中。

注释：

①知床半岛：位于北海道岛的东北部，濒临鄂霍次克海。这里是全球纬度最
　低且有海冰现象的海域。知床半岛长约 63 公里，尖端的知床岬，阿伊努
　族语"siruetoku"是大地尽头的意思，如同其名，这里人迹罕见，保持原
　始面貌，因此被称为"日本最后的秘境"。饶公自注："知床岛上，有五湖
　及望乡台。"
②千寻：古以八尺为一寻。"千寻"，形容极高或极长。
③海客：海外来客。

浅解：

　　知床半岛最著名的景色有知床八景，此诗取其二景，五湖和望乡台，雾
中遥望，造就了更加奇特的自然生态景观，并引发饶公的思乡之情。

简译：

　　知床遥望大海接连天空，悬崖断壁高峻宿雾蒙蒙。不及在那望乡台上眺
望，旅客思绪从五湖中泛滥。

藻琴湖

草号珊瑚浪作琴，涛声地籁①孰知音。
五弦②无复能挥者，目送飞鸿隐雾深。③

注释：

①地籁：风吹大地的孔穴所发出的声音。天地间音响中的一种。《庄子·齐物论》："子游曰：'地籁则众窍是已'。"
②五弦：饶公自注："虾夷乐器，有五弦琴，别创新调。"
③"目送"句：出自魏晋·嵇康《四言赠兄秀才入军诗》："目送归鸿，手挥五弦。"

浅解：

此诗先将"浪作琴"扣"琴湖"，将藻琴湖的视觉景色转为听觉，使景物变得更为活泼、新奇，诗化藻琴湖；接着化用嵇康诗意，言无人能手挥五弦琴，只能目送飞鸿隐于深雾之中，直接道出知音难得的寂寞之感。

简译：

有草称作珊瑚海浪作琴，涛声如同地籁孰若知音。五弦再没有人能够挥动，目送飞鸿隐于雾气深处。

涛沸湖

割海分成壑百溑[①]，北滨带雨湿花茳[②]。
我来自恨先秋到，只见芦蒿不见枫。

注释：

①百溑：小水流入大水，亦指水的交汇处。《诗·大雅·凫鹥》："凫鹥在溑"。毛传："溑，水会也。"
②茳：一年生草本植物。茎高达三米，也称水茳。

浅解：

涛沸湖是日本网走国定公园 7 个潟湖之一，近处的海岸上雨水沾湿茳花，饶公本为赏枫而来，然而秋天还没到来，只见芦蒿而不见红枫，这使他感到遗憾。诗中其实在说明一个道理，实现目标理想必须等待适当的时机。

简译：

分割大海而成上百沟壑，北滨带着雨水沾湿茳花。遗憾我比秋天先到此处，只见到芦蒿而不见枫叶。

大雾中陟美幌岬

谁向娲皇^①拾石来，高原筑此歌风台^②。
濛濛千里青如染，沉雾无由拨得开。

注释：

① 娲皇：女娲氏，又称女希氏、有蟜氏，是上古母系氏族时期聚落首领或部
   族首领。

② 歌风台：此处为借指。歌风台为纪念汉高祖刘邦衣锦还乡，所著《大风
   歌》而兴建，位于徐州市沛县县城中心汉城公园内。

浅解：

　　位于日本著名的火山口湖屈斜路湖边的美幌岬，可以说是观赏当地美景
的最佳之处，其周围存在着很多火山与温泉，雾气与温泉蒸汽幻化出当地独
特的景色，饶公此诗借用"娲皇""歌风台"表现其鬼斧神工的自然景观，
感叹青山如染、沉雾弥漫的当地美景。

简译：

　　是谁向女娲借石头来此，高原之上筑此歌风高台。迷蒙千里山峰青如
出，沉沉雾霭没理由拨得开。

屈斜路①

沿湖百里尽苍松，始觉郭熙②写未工。
宿雨③乍晴秋日暗，万山都在薄寒④中。

注释：

①屈斜路：日本北海道东部湖泊，阿寒国家公园的一部分。
②郭熙（约 1000－1090）：北宋画家、绘画理论家。
③宿雨：夜雨，经夜的雨水。隋·江总《诒孔中丞奂》诗："初晴原野开，
   宿雨润条枚。"
④薄寒：微寒。战国·楚·宋玉《楚辞·九辩》："憯悽增欷兮，薄寒之中
   人。"

浅解：

屈斜路湖位于阿寒国立公园内，是北海道内仅次于猿涧湖的第二大湖，
日本最大的火山口湖。诗的前半写饶公雨后光临，寒气下的湖景别有风味，
自然画工所写就的大写意水墨画，实让北宋画家郭熙都自叹不如。诗后半写
经夜的雨水初停，黄昏时候，秋日变暗，万山都笼罩在一片薄寒之中。

简译：

沿着湖岸百里尽是苍松，始觉郭熙画作并未完美。经夜之雨放晴秋日昏
暗，万山都弥漫在微寒之中。

摩周湖①虾夷称为神之湖

笼烟如雾半模糊，湖水催人作画图。
神笔信非尘世有，回头晚霭入看无。

注释：

①摩周湖：日本北海道东部川上郡弟子屈町的一个湖泊，为火山湖，是全日
　本透明度最高的湖泊。

浅解：

　　摩周湖上经常有雾，诗中用"神笔"衬托摩周湖脱俗之景，正像阿伊努
语称之为神之湖那样，它展示的是一片庄严神圣的氛围。

简译：

　　笼烟如同云雾迷蒙模糊，湖水奇景催人创作画图。神笔相信非是尘世中
有，回看夜晚云霭似有似无。

琉璜山①

昔闻陆浑火，今见琉璜山。
迷雾失山腰，沸水流潺潺。
髡枝②经火燃，木立无欢颜。
回顾皆平湖，青翠出云鬟。
荣枯咫尺异，相去十里间。
自是神所施，安能叩其端③。
大块频噫气④，谁削此层峦。
独往苍茫外，鸟倦不知还。

注释：

①琉璜山：即硫磺山位于北海道的阿寒国立公园里，在阿伊努语中，硫磺山
 的意思是"赤裸的山"，赤裸的意思大概就是因为硫磺气体的存在从而使
 整座山体寸草不生、一片荒凉。

②髡枝：光秃的树枝。

③叩其端：叩其两端，意思是能够完全理解认识问题。出自《论语·子罕》
 "吾有知乎哉？无知也，有鄙夫问于我，空空如也，我叩其两端而竭焉。"

④大块频噫气：大自然；大地；世界。《庄子·齐物论》："夫大块噫气，其
 名为风。"

浅解：

　　硫磺山大约形成于1700年前的一次火山爆发中，至今仍在持续活动，
山体上布满了大大小小的喷气孔，富含硫磺的水蒸气被喷出致使硫磺山附近
的空气都是浓郁的硫磺气味。当地寸草不生，令饶公感慨自然造物无奇不
有，并非我辈能够理解体悟。

简译：

　　昔日曾闻陆浑火山，今日见到琉璜山峦。迷雾笼盖山腰遮蔽，温泉水沸
缓缓流动。树枝经火燃烧而秃，林木耸立不展欢颜。回首望去皆是平湖，青

翠之色自云巘出。繁荣枯萎咫尺而异，十里之间相去甚远。自然是天神所作为，哪能完全理解其义。大地频繁吞吐云气，是谁削此层层峰峦。独自前往苍茫之外，飞鸟困倦不知归还。

球藻

寒藻沦漪舞似球，千年冷落托灵湫^①。
毛人只作玄冥^②拜，说与冰夷^③可解愁。

注释：

①灵湫：深潭，大水池。古时以为大池中往往多灵物，故称。唐·王度《古
镜记》："此灵湫耳，村间每八节祭之，以祈福祐。"
②玄冥：水神。
③冰夷：中国古代神话中的黄河水神。饶公自注："虾夷目球为湖精。冰夷
即冯夷。"

浅解：

古代虾夷人将球藻奉为湖中精灵，饶公咏之，还原虾夷的民俗史迹，让
读者更加能够感受当地的地方文化。

简译：

寒藻泛起涟漪舞动似球，千年冷落埋没池塘之中。虾夷人只当做水神祭
拜，与冯夷说之可解其愁绪。

阿寒湖①中晚泛

双桨摇秋送夕阳，涵虚②无浪似浮湘③。
南人北地初为客，最爱娱心④在水乡。⑤

注释：

①阿寒湖：位于日本北海道东部，是周长26公里，海拔420米，水深44.8
　米的火山口湖，湖上有大岛、小岛、呀依他依岛、忠类岛等4座岛，风景
　秀美，是特别的天然纪念物绿球藻生长的神秘之湖。
②涵虚：指天倒映在水中。唐·孟浩然《望洞庭湖赠张丞相》："八月湖水
　平，涵虚混太清。"
③浮湘：湘江之畔。
④娱心：使心情愉快。汉·枚乘《七发》："列坐纵酒，荡乐娱心。"
⑤在水乡：饶公自注："菊池君摇橹，余于舟中作画稿。"

浅解：

　　阿寒湖夜晚泛舟，其景让人恍在湘江之畔。这对于来自他乡的远客，无
疑是寻获内心平静的佳处，饶公由此感叹。

简译：

　　双桨摇曳秋天目送夕阳，映天湖水无浪如同湘江。南人踏临北地初为人
客，心情愉悦在这湖水之乡。

立秋日阿寒湖畔作

阿寒原不冷，青沼①自含温。
岭挂未消雪，夷招没顶魂。
树多风不死，波细縠成纹。
微有萧寥意，秋声嬝嬝闻。②

注释：

①青沼：北海道著名湖沼。
②"微有"二句：嬝嬝：即袅袅。形容声音延长不绝，宛转悠扬。饶公自
　注："虾夷原呼阿寒曰ミタカラ，义为暖地。'风不死'似指卜ド松。湖上
　相传有夷仆，钟情酋长之女，自沉湖底。"

浅解：

　　立秋之日，饶公赋此诗作，用夷仆沉湖之事，烘托阿寒秋天萧廖之意，
借景咏史，借史抒情。

简译：

　　阿寒原本并不寒冷，青沼自身包含暖意。山岭悬挂之雪未消，夷仆沉湖
没顶之魂。树木繁多风不曾息，波澜细腻褶皱成纹。微微透着萧寥之意，秋
声绵长不绝于耳。

题松浦武四郎^①《虾夷日志》及舆图手稿

蛮雨溟烟不计年，奇书^②使我不成眠。
雌雄两岳青如昔，何意能来渌水^③边。

注释：

①松浦武四郎（1818—1888）：日本冒险家。"北海道"这名字，不得不提他的名字，松浦武四郎随阿伊努族长老学习语言，依土语"kai"（"爱努国"之意）读音以汉字写作"加伊"，又因与日本人所用的"虾夷"发音相同，所以他提议用"北加伊道"（Hokukaidou）为地名，之后又将"加伊"改成发音相同的"海"字（与东海道、南海道呼应），于是得名，现在还有块"北海道命名之地"纪念碑以志其史。

②奇书：即松浦武四郎的虾夷日志及舆图手稿。

③渌水：清澈的水。汉·张衡《东京赋》："于东则洪池清籞，渌水澹澹。"

浅解：

　　北海道可以说与松浦武四郎的名字紧密相连，其足迹遍及北海道地区，作为北海道的命名者，他在北海道有着不可代替的地位，其编写的《虾夷日志》及舆图手稿，也为当地留下了一笔丰富的文化遗产。饶公有感于此，赋诗而赞。此首和其原韵。

简译：

　　雨蛮横烟昏暗年月不计，稀罕之书让我彻夜未眠。雌雄两山青翠如同昨日，因何缘故能来清澈水边。

好山不必问何州，凿空奥区^①百卷收。
省识舆图^②蚊脚细，惊人妙笔出遐陬^③。

注释：

①奥区：腹地。《后汉书·班固传上》："防御之阻，则天下之奥区焉。"

②舆图：指地图或是疆域。

③遐陬：边远一隅。《宋书·谢灵运传》："内匡寰表，外清遐陬。"此指北海道。

浅解：

  此诗阐述松浦武四郎著述的贡献，以好山不必问出身，衬托好文亦可出于僻远之地。松浦武四郎的研究著述为当今研究北海道地理历史提供了宝贵的材料。

简译：

  好山不必问身在哪个州，凿空腹地收获百卷文本。考察疆域写满蚊脚细字，惊人妙笔出在边远一隅。

山水有灵识知己，登高能赋属大夫①。

牢落平生余日志，焉知此外尽穷途。

注释：

①"登高"句：出自《毛诗传》："登高能赋，可以为大夫。"

浅解：

  此诗进而借景抒情，指出文字对社会、对自己的作用：山水有灵，登高能赋者，能为大夫，文字之外，更是无路可行。表达饶公一生宁为文字客的决心，也从中烘托松浦武四郎的人生价值。

简译：

  山水有灵性能识得知己，登高能赋可以谓之大夫。稀疏零落平生所作文字，焉知此外更是穷途末路。

此翁自署作虾仙，地尽毛夷别有天。

霞客①比君输一著，未能穷发②漱温泉。

注释：

①霞客：徐霞客（1587—1641），名弘祖，字振之，号霞客，明朝南直隶江

阴（今江苏江阴市）人。明朝地理学家、旅行家和文学家。他经30年考察撰成的60万字地理名著《徐霞客游记》，被称为"千古奇人"。

②穷发：极北不毛之地。《庄子·逍遥游》："穷发之北有冥海者，天池也。"

浅解：

此诗述松浦武四郎本人，对其能穷极不毛之地勘察地理的精神尤为推崇，以徐霞客略输一筹来表达饶公对松浦武四郎的敬重。

简译：

此翁自己署名称作虾仙，地尽毛夷边境别有洞天。徐霞客比君还略输一着，未能抵达极地沐浴温泉。

附： 原 作

东依西托十余年，驰（弛）担匆匆才稳眠。
肃慎风涛流鬼雨，今宵残梦落何边。①

注释：

①"肃慎"二句：饶公自注："见其《北虾夷余志》，他处文字略异。松浦手禀，部分藏北海道大学图书馆。"

是集原称曰《揽辔》，念平生旅食东西，览观四方，愧无澄清天下之志，名未副实。而屈子《离骚》本作"总余辔乎扶桑"。故改用"总"字，读者幸无嗤其迂也。

一九九九年三月